LES LECTRICES ONT AIMÉ !

« J'ai adoré suivre l'histoire d'Evie et Ed. La magie de Noël, les repas en famille, les drames mais aussi les joies sont bien présents. J'ai tellement aimé la plume de Lucy Diamond et suivre les aventures des personnages que j'aurais pu lire encore et encore. »
Chloé, de @lire_encore

« J'avais l'impression de contempler l'histoire à travers une boule de Noël : après une petite secousse, la magie opère et tout prend forme pour le plus grand plaisir des yeux. »
Adélina, de @livrovore

« Un pur roman de Noël, feel-good et mignon à souhait, avec une ambiance cocooning comme nous les aimons ! »
Clémentine, de @helynna_

« Une lecture courte qui réussit à nous envelopper dans une bulle de douceur. Une histoire parfaite à lire pendant une soirée d'hiver. Nous retrouvons bien l'univers de Lucy Diamond dans lequel un vent d'optimisme souffle au fil des pages. *Noël au café du bonheur* se savoure comme un petit biscuit croquant à souhait et on en redemande ! »
Christel, de @les__miscellanees_de_cookie

« Une douce atmosphère de Noël qui offre au lecteur un sentiment de dépaysement total, dans le cadre charmant des Cornouailles. »
Marta, de @leslecturesdemissm

« J'ai passé un excellent moment au cœur de cette famille, de ce café et aux côtés d'Evie. J'aurais souhaité y rester plus longtemps ! »
Manon, de @lalecturedemanon

« Ce roman est comme des marshmallows dans un chocolat chaud : doux et réconfortant. Entre péripéties amoureuses et familiales, tous les ingrédients sont là pour passer un bon moment. »
Marine, de @toiledemots

« Un vrai plaisir de retrouver cette petite communauté avec pour pièce centrale le café d'Evie. Esprit de Noël, décoration, cadeaux, partage, communauté, chocolat chaud, tout est là et ça se dévore comme les plats appétissants d'Ed ! »
Tiphaine, de @je.lis.mes.envies

« Une ambiance cocooning comme on les aime durant cette période particulièrement magique, un roman qui fait du bien au moral. Un vrai plaisir de lecture ! »
Leah, de @leahbookaddict

Pour en savoir plus sur les Lectrices Charleston,
rendez-vous sur la page
www.editionscharleston.fr/lectrices-charleston

NOËL AU CAFÉ
DU BONHEUR

De la même autrice, aux éditions Charleston :

Rendez-vous au café du bonheur, 2020
Le doux parfum de la vérité, 2021

Titre original : *Christmas at the Beach Café & Christmas Gifts at the Beach Café*
Christmas at the Beach Café © Lucy Diamond, 2013
Christmas Gifts at the Beach Café © Lucy Diamond, 2013
Traduit de l'anglais par Laura Bourgeois

10, place des Cinq-Martyrs-du-Lycée-Buffon
75015 Paris – France
www.editionscharleston.fr

ISBN : 978-2-36812-710-0

Maquette : Patrick Leleux PAO

Pour suivre notre actualité, rejoignez-nous sur Facebook (Éditions.Charleston), sur Twitter (@LillyCharleston) et sur Instagram (@LillyCharleston) !

Charleston s'engage pour une fabrication éco-responsable !
Amoureux des livres, nous sommes soucieux de l'impact de notre passion et choisissons nos imprimeurs avec la plus grande attention pour que nos ouvrages soient imprimés sur du papier issu de forêts gérées durablement.

Lucy Diamond

NOËL AU CAFÉ DU BONHEUR

suivi de

LE PLUS BEAU DES CADEAUX AU CAFÉ DU BONHEUR

Traduit de l'anglais
par Laura Bourgois

CHARLESTON

NOTE DE L'AUTRICE

La fin de l'écriture d'un roman est toujours une expérience douce-amère pour moi. Il y a bien sûr de la joie (j'ai réussi !), du soulagement (particulièrement si une échéance approche à grands pas), et l'anticipation agréable d'un chèque imminent. Mais au milieu de toutes ces notes festives, je ressens parfois de la tristesse : celle de voir un voyage avec les personnages arriver à son terme. Tous les fils de l'intrigue ont été dénoués, et chacun a la conclusion qu'il mérite. Fin de l'histoire.

Mais qu'en est-il des personnages, une fois que le mot « Fin » a été saisi sur la page ? Est-ce forcément la fin pour eux ? Cessent-ils d'exister ? Après tout, il me suffira de quelques semaines pour attaquer un nouveau livre et jouer avec un éventail de personnages tout neufs. Sauf que, dans la fiction comme dans la vraie vie, certaines personnes sont plus difficiles à oublier que d'autres. On se surprend à penser à elles, de temps en temps. Que sont-elles devenues ? Est-ce qu'elles vont bien ? Ont-elles trouvé le bonheur ?

Pour moi, les histoires de *Rendez-vous au Café du Bonheur* sont intimement liées à la plage de mes rêves au nord des Cornouailles. J'ai terminé d'écrire le livre en 2010, pourtant je suis retournée tous les ans dans cette région depuis – et chaque fois, mon esprit vagabondait vers Evie et son café. Comment s'en sortait-elle ? À quoi ressemblait son quotidien après la saison touristique ? Comment s'était passé son premier Noël au Café de la Plage ? L'idée du café à Noël m'est restée, et sans même y réfléchir j'ai commencé à écrire le chapitre premier...

Les lectrices à l'œil affûté auront peut-être remarqué que mes personnages font souvent des apparitions dans d'autres romans, mais je ne leur avais jamais consacré de vraie suite auparavant. La perspective d'écrire une suite courte à *Rendez-vous au Café du Bonheur* dans l'atmosphère de Noël est vite devenue irrésistible... et en voici le résultat. J'ai pris beaucoup de plaisir à revoir Carrawen Bay et à écrire le nouvel épisode de la vie d'Evie – j'espère sincèrement qu'il vous plaira tout autant qu'à moi.

1

CARRAWEN S'ÉTAIT PARÉ DE BLANC. D'épais et lourds flocons saupoudraient la plage comme du sucre glace. La mer était grise, agitée, secouée de vagues écumantes, et l'horizon se fondait dans le ciel cotonneux. Le calme régnait dans le village assourdi par les constantes chutes de neige qui tournoyaient dans l'air.

Impossible d'y résister plus longtemps. Saisie par un élan d'euphorie, je me précipitai dehors en pyjama, pieds nus, sur la terrasse en bois du café, et dévalai ses marches pour atterrir sur le sable, laissant une flopée d'empreintes derrière moi. Les flocons se prenaient dans mes cheveux et mes cils et j'étais vaguement consciente qu'il aurait fallu enfiler des bottes – ou au moins un peignoir – mais...

— Pince-mi, Pince-moi...

— Ouille !

On m'attaquait.

— … c'est le premier du mois… !

Mes yeux s'ouvrirent d'un coup, et mon rêve s'évapora aussitôt. J'étais au lit avec Ed, et pas sur la plage enneigée.

— Tu m'as réveillée…, ronchonnai-je – je n'avais jamais été du matin. Je dansais dans la neige.

Puis ses mots pénétrèrent mon cerveau embrumé, me rappelant la tradition enfantine de pincer l'autre au premier du mois… Soudain, je fus parfaitement éveillée.

— Oh. On est en décembre !

Il affichait ce sourire radieux dont je ne me lassais toujours pas, après ces cinq mois passés ensemble. Ed était la meilleure chose qui me soit jamais arrivée. À la fois ami, amant et associé, Ed était drôle, sexy, et loyal. Oh, et ai-je mentionné qu'il faisait la cuisine ? De la vraie cuisine, d'un niveau gastronomique. (Mesdames, je vous le dis : il n'y a pas mieux qu'un chef cuistot pour petit copain.) J'avais pris trois kilos, mais je nageais dans le bonheur.

— Alors comme ça tu dansais dans la neige ? me taquina-t-il. C'est encore une de ces coutumes de Noël à Carrawen Bay dont tu n'arrêtes pas de me parler ?

Je lui fis la grimace. À en croire Ed, j'étais intarissable sur le sujet. Oui, d'accord, il se pouvait que j'aie mentionné une ou deux fois mon intention de faire perdurer les traditions de ma tante Jo : les guirlandes et les décorations en papier crépon dans tout le café, les chants de Noël autour d'un feu de joie sur la plage où tous les villageois se rassemblaient pour déguster un vin chaud aux épices, la randonnée digestive du 25 décembre sur les falaises et, bien sûr, les anges de Noël…

Ce n'était pas tout. J'avais téléchargé des tubes de Noël sur mon iPod et j'avais déjà repéré le meilleur endroit où acheter un sapin (Tregarrow Farm, demander les conseils de Mack). Tout ça en plus de planifier notre petit déjeuner romantique de Noël (cocktails au champagne inclus), d'établir la liste exhaustive d'idées pour remplir une chaussette de Noël (à ce rythme, il allait falloir en trouver une immeeeeeense) et de feuilleter tous les articles « le Noël parfait » qui me passaient sous les mitaines.

Bon, d'accord… Grillée. Peut-être que j'avais l'air un peu monomaniaque ces derniers temps. Mais, pour ma défense, je voulais seulement que mon premier Noël avec Ed soit le plus merveilleux de tous les Noëls. Celui dont on se souviendrait avec tendresse pour les années à venir, et à propos duquel on pourrait dire : « Tu te souviens de ce premier Noël au Café de la Plage ? C'était si beau et romantique. »

Il n'y avait pas de mal à ça, pas vrai ?

Maintenant qu'on était officiellement en décembre, le compte à rebours était lancé. J'avais réussi à garder intact mon calendrier en chocolat jusque-là. J'avais même prévu un cierge de l'Avent. C'était le grand jour ! Les festivités commençaient enfin !

Gonflée à bloc par une bouffée d'enthousiasme, je me penchai sur Ed pour l'embrasser.

— Tu sais, il y a une tradition à Carrawen Bay que j'ai omis de mentionner…, dis-je en savourant la surprise dans ses yeux, vite suivie par une étincelle familière. C'est celle de la grasse mat' du 1er décembre…

Il m'entoura de ses bras chauds et forts.

— Je sens que cette tradition va me plaire !

Plus tard – bien plus tard, à vrai dire – une fois extirpé de sous la couette, Ed prépara des œufs brouillés pendant que je m'occupais des cafés. (Je connaissais mon rôle et il n'était définitivement pas aux fourneaux.) Puis, encore en peignoir, nous nous installâmes sur une banquette du café dont le panneau « fermé » était suspendu à la porte. Balayant la salle des yeux, je tentai de me remémorer la disposition des décorations de Jo. Elle prenait toujours ses vacances en hiver pour s'en aller vers des climats plus cléments en janvier et février, mais elle ne loupait jamais Noël dans les Cornouailles. Comme moi, elle considérait qu'il s'agissait du point culminant de l'année. Quand le grand jour arrivait, elle invitait la famille et les amis au café, rassemblait les tables au centre de la pièce, et déployait sa nappe rouge. Je la revoyais apportant l'énorme dinde dorée sous nos regards gourmands, et les convives qui trépignaient d'impatience.

— Pourquoi cet air concentré ? demanda Ed. Il y a un problème avec les œufs ?

Question typique de chef cuisinier.

— Non, non, ils sont super. J'essayais juste de me souvenir si Jo suspendait la guirlande « Joyeux Noël » à paillettes au-dessus du comptoir ou de la porte.

À son tour, il fit une drôle de tête.

— C'est vraiment important ? On n'est peut-être pas obligés de faire tout comme ta tante, si ?

Sa remarque me prit de court. Le Café de la Plage et son appartement avaient appartenu à Jo jusqu'à sa mort soudaine dans un accident de voiture en mai dernier. À la grande surprise générale – et surtout la mienne –, elle m'avait tout légué. (Il fallait voir la tête de mes sœurs à la lecture du testament...) Et plus étonnant encore – en tout cas aux yeux de ma famille –, j'avais démissionné de mon boulot à Oxford, plaqué mon copain, et emménagé ici pour reprendre l'affaire. Et devinez quoi ? Ça m'avait plutôt bien réussi ! Après des années d'errances professionnelles, j'avais enfin un métier que j'adorais et dans lequel j'excellais. J'avais aussi trouvé un point d'ancrage dans les Cornouailles – de nouveaux amis, une place au sein de la communauté, et bien sûr... Ed. En l'espace de quelques mois, ma vie entière avait été chamboulée... pour se remettre en ordre et faire s'emboîter toutes les pièces du puzzle.

Le café avait marché du tonnerre pendant l'été ; nous avions servi plus de *cornish pasties*, de glaces et de *scones* que je ne l'aurais cru possible. Puis les touristes étaient rentrés chez eux, laissant place au calme reposant de l'automne. Ed et moi avions de grands projets pour l'année à venir – ainsi que toutes celles qui suivraient. Oh oui, j'avais les Cornouailles dans la peau à présent. Et absolument aucune envie de vivre ailleurs.

— Je suppose qu'on n'est pas obligés de tout faire à l'identique, concédai-je au bout d'un moment.

Je me sentais gourde, ainsi engluée dans mes traditions.

— C'est juste que... désolée. Tout le monde se fait sa propre idée du Noël parfait, non ? Tu me connais, je suis un peu... sentimentale.

OK, c'était l'euphémisme du siècle. La sentimentalité coulait dans mes veines depuis la naissance. Mais peut-être que j'essayais aussi de me prouver quelque chose... que j'étais capable de gérer seule le café depuis la mort de Jo, et que je pouvais maintenir un certain standing.

— Il n'y a aucun mal à ça, dit-il doucement en nous resservant du café. Mais il y a sûrement un peu de marge pour qu'on puisse créer nos propres traditions, non ?

— Oui, oui. Bien sûr.

— Par exemple… peut-être qu'on pourrait faire des sandwichs pour le réveillon ? Et qu'on ne devrait pas se prendre la tête avec des cadeaux – je plaisante. Je PLAISANTE, Evie ! Pas la peine de me regarder comme ça.

— Comme si j'avais cru un instant que tu pourrais te contenter d'un simple sandwich pour Noël, répondis-je, blasée. Hé oh, je te connais un peu mieux que ça, Ed Gray.

En même temps, pensai-je en terminant mon assiette, il y avait des traditions que je n'avais aucune intention d'abandonner, en premier lieu celle des anges de Noël. Quand j'étais enfant, Noël ne commençait vraiment qu'une fois que j'avais suspendu mon angelot sur le sapin de Jo. J'avais hâte de le déballer et de marquer ainsi le début des festivités cette année.

J'ignorais quand Jo avait acheté ces trois angelots, mais mes sœurs et moi étions suffisamment jeunes pour être enchantées par leur délicatesse et leur beauté. Ils nous attendaient sur le manteau de la cheminée à notre arrivée à Carrawen – figurines ailées vêtues d'une longue aube et pieds nus, chacune surmontée d'une boucle de fil doré.

— Ils viennent tout droit de France, nous avait dit Jo. J'ai tout de suite pensé à mes trois anges de nièces en les voyant. Vous voulez les accrocher sur le sapin ?

— Doucement, s'était empressée d'intervenir Maman alors que Ruth, Louise et moi foncions sur les sujets en verre.

— Oui, il faut les manipuler avec précaution, avait renchéri Jo. Ils sont très fragiles.

— Evie, fais attention, avait insisté Ruth avec autorité.

Ruth et Louise étaient mes sœurs aînées, jumelles, petites filles modèles qui avaient traversé l'enfance sans remous avec des cheveux brillants, des diplômes de piano et des badges de premières de la classe. Quant à moi, j'étais le mouton noir de la famille – et pas seulement à cause de mes boucles brunes indomptables.

Ignorant la remarque condescendante de Ruth (j'avais appris très tôt qu'il s'agissait de la meilleure attitude à adopter), j'avais suspendu avec déférence mon angelot de verre au sapin. Il s'était balancé sur la branche, scintillant des mille reflets des guirlandes lumineuses multicolores. Magnifique.

Au fil des ans, les trois angelots avaient eu leur lot de mésaventures. Malgré tous ses « Evie, fais attention », c'était Miss Parfaite qui avait cassé le premier, en jouant avec sous le sapin un matin. Dès lors, l'ange rafistolé à la superglue, à l'aile légèrement de traviole, avait été rebaptisé « Ruth » (bien fait !).

Puis, alors que, ados, nous étions lancées dans une partie mouvementée de mimes, Louise s'était débrouillée pour faire tomber un des anges dans sa fougue théâtrale. Cet ange-là ne s'en tira pas à si bon compte, et il ne resta plus intacte que son adorable petite tête. On l'appela donc « Louise ». Seul demeurait un angelot – « Evie » – parfait. Évidemment.

Et puis zut, pensai-je en remplissant le lave-vaisselle. Le 1er décembre n'était pas trop tôt pour sortir les décorations, pas vrai ? Je n'allais pas me précipiter à Tregarrow Farm pour acheter mon sapin, mais ça ne pouvait pas faire de mal de descendre quelques cartons du grenier. Une ou deux guirlandes, peut-être. Et des petites loupiotes pour illuminer la cheminée…

Ed venait de disparaître sous la douche. J'allais le surprendre avec quelques babioles pour célébrer le 1er décembre. Et peut-être… oui ! Ça pourrait devenir une de nos nouvelles traditions : 1er décembre, premières décorations. *Evie Flynn, tu es la reine de Noël*, me dis-je avec un sourire.

Quand j'entendis l'eau couler, je tirai la petite échelle de la trappe au plafond et grimpai sur ses barreaux en métal pour gagner le grenier froid et obscur. Depuis que j'avais emménagé dans l'appartement au-dessus du café en mai, je n'étais montée ici que quelques rares fois pour y entreposer des affaires en vrac et une valise pleine de « tenues pro » que j'espérais ne plus jamais avoir à porter dans un bureau. J'étais à peu près sûre d'avoir repéré dans les profondeurs peuplées de toiles d'araignées un carton « NOËL ». J'allumai une lampe torche et projetai son faisceau autour de moi, frissonnant en pyjama alors que les recoins les plus sombres s'éclairaient. Ahh… le voilà.

J'avançai doucement à quatre pattes pour atteindre le carton derrière une paire de vieilles malles, un portemanteau victorien cassé et un autre carton étiqueté « TRUCS ». Ouh là, c'était plus lourd que je l'imaginais.

Je hissai le carton pour me diriger vers la trappe, et pliai les genoux pour tâcher de caler mes pieds sur le premier barreau. Puis j'inspirai un bon coup, les bras enlaçant fermement le carton. OK. Voilà. Maintenant, lentement pour l'échelle...

La descente en douceur ne se passa pas comme prévu. À mi-hauteur, mon gros orteil se coinça dans la jambe un poil trop longue de mon pyjama et me fit trébucher. Le carton atterrit par terre dans un bruit sourd n'augurant rien de bon, et je le suivis dans sa chute, me cognant au passage le menton sur le dernier barreau.

— Aïe ! Purée !

Ed émergea de la salle de bains, une serviette autour des hanches, et me trouva en train de sautiller de douleur, les mains agrippées sur mon tibia écorché.

— Qu'est-ce que... ? Tu vas bien ? Mais qu'est-ce que tu fais ?

— Je voulais juste...

Je m'interrompis en remarquant, horrifiée, que le carton des précieuses décorations de Noël était tombé sur l'arête. Son coin était enfoncé. Je me précipitai dessus et j'ouvris les rabats pour plonger dans les kilomètres de guirlandes pailletées, le papier crépon délavé, les boules... où était mon angelot ? Pourvu qu'il aille bien.

— Oh non.

Je m'avachis sur le carton quand mes doigts se replièrent sur lui. Du sang perla au bout de mon index, là où le verre avait percé ma peau.

— Punaise. Regarde, Ed. Il est fichu. C'était le dernier angelot et je l'ai écrasé.

— On va peut-être réussir à la recoll...

La voix d'Ed s'éteignit quand il constata l'étendue des dégâts. L'ange était désormais en quatre morceaux, une fissure scindait sa magnifique tête, et il manquait les deux ailes. Même une équipe de super colleurs professionnels aurait renoncé à toute tentative de sauvetage.

Ma lèvre inférieure se mit à trembler – le choc et la douleur de la chute, couplés à une culpabilité terrible d'avoir failli à Jo. Ce n'était pas comme s'il me restait tant de choses qui me reliaient à elle… et voilà que j'avais cassé un de nos souvenirs les plus précieux. Noël était raté avant même d'avoir commencé.

Sans pouvoir m'en empêcher, je fondis en larmes.

— Je suis tellement bête, sanglotai-je contre l'épaule d'Ed. J'ai tout gâché !

2

TROIS CHOCOLATS DU CALENDRIER DE L'AVENT plus tard, après m'être bruyamment mouchée et avoir survécu à une série de hoquets, je parvins à me ressaisir. Je balayai les bris de verre et les jetai à la poubelle, le cœur lourd. Rien ne servait de pleurer pour des angelots écrasés, m'intimai-je.

— Ça te dit de tester une recette aujourd'hui ? proposa Ed une fois que le carton de décorations de Noël fut relégué dans la chambre d'amis.

— Bonne idée. Pourquoi pas des *mince pies* ? Puisqu'on est en décembre, et tout.

Je sentis une étincelle d'optimisme poindre à cette idée. La première *mince pie* de l'année était toujours un moment de fête, non ? Et s'il me fallait une raison pour célébrer, c'était maintenant.

Le livre était un de mes fameux éclairs de génie, qui avait frappé quelques semaines plus tôt : une manière de remercier tous mes clients et amis de Carrawen

Bay en leur proposant une compilation des meilleures recettes de Jo. Ed officiait en cuisine (après tout, je ne savais toujours pas faire cuire un œuf) pendant que je prenais en photo chaque plat pour accompagner les instructions. *Les Recettes du Café de la Plage* promettaient du haut niveau.

Quand l'idée m'était apparue, j'avais tout de suite compris que je tenais un futur carton. J'imaginais les sourires de gratitude et les cris de ravissement des personnes à qui je l'offrirais, et je le voyais exposé en vitrine des libraires de la région. Des touristes me demanderaient même des exemplaires dédicacés ! On peut toujours rêver, non ?

Le seul problème était la réalisation du projet, qui s'avéra plus compliquée que prévu. Au départ, j'avais envisagé de créer le livre en un week-end (une ambition assez optimiste, certes) mais cela nécessitait beaucoup plus de travail. Ed – fidèle à lui-même – poussait le perfectionnisme à l'extrême, critiquant chaque plat qu'il concoctait et le rejetant pour le plus infime défaut. En secret, il commençait à me rendre chèvre. En secret, ma patience atteignait sa limite.

Prenez la tarte aux pommes de la semaine passée, par exemple. Il avait préparé une pâte délicieusement dorée qui mettait l'eau à la bouche et semblait parfaite à mes yeux. Mais non, elle n'était pas assez bien pour figurer dans le livre parce qu'il y avait une trace de roussi sur la croûte – et par trace de roussi, il entendait une miette à peine plus colorée repérable uniquement sous microscope.

— Je tournerai le plat pour qu'elle ne soit pas visible sur la photo, avais-je promis. Ou alors j'en appellerai à la magie de Photoshop pour lisser les couleurs. Personne ne le remarquera.

— Non, je vais en faire une autre.

— Oh, mais Ed…

— Tout le monde va savoir que c'est moi qui l'ai faite, Evie. Et on essaie de promouvoir le café, souviens-toi. Je veux juste que tout ait l'air appétissant.

— Mais ça a l'air appétissant !

— Pas assez. Il faut un minimum d'exigence, Evie.

De l'exigence. Très bien. Avant notre rencontre, Ed tenait un restaurant gastronomique à Londres où il dirigeait la cuisine avec des standards haut de gamme, sur tous les plans. D'accord. Mais ici on parlait du Café de la Plage et d'un livre de recettes maison – on n'était pas exactement en concurrence pour les étoiles du *Guide Michelin.* En tout cas, moi je ne l'étais pas.

Mais qu'est-ce que j'en savais ? Il avait fallu cuire une autre tarte aux pommes pour qu'Ed soit enfin satisfait. Pendant ce temps, j'avais fui à la plage, à bonne distance du café, pour lâcher un long cri de frustration. (Heureusement, personne n'était dans les parages et je n'avais déchiré aucun tympan. Cela dit, les habitants du village y étaient sans doute habitués et ils n'auraient pas même cillé en me voyant hurler au vent comme une banshee.)

Ajoutez à tout ça les gribouillis souvent illisibles des recettes de ma tante, qui avaient pour résultats des petites incohérences de transcription, et la conscience grandissante qu'il fallait en fait pas mal de recettes pour faire un livre d'un poids décent et pas un pathétique petit fascicule… C'est ainsi que mon idée de génie se transforma en casse-tête. Jusque-là, on avait terminé les *Scones pour les nuls* (la première et dernière chose que j'avais préparée dans la cuisine du café), les *Légendaires flapjacks* aux céréales et aux fruits secs de Jo, *l'Extraordinaire tarte aux pommes* (la deuxième fois fut la bonne), le *Big Sandwich au bacon* (spécialité d'Ed) et le *Carrotcake* à trois étages au glaçage *cream cheese.* Ce qui nous faisait un piètre total de cinq pages, et nous en laissait au moins vingt autres à faire. Je commençais à regretter cette idée débile.

Pourtant, je restais avant tout une éternelle optimiste. Sans compter qu'ayant déjà ébruité le projet, j'étais maintenant obligée de le mener à terme. Ça m'apprendrait à tenir ma langue.

(Probablement pas.)

— C'est parti pour les *mince pies,* annonçai-je en feuilletant le classeur dans lequel Jo avait fourré ses recettes au fil des décennies. Nombre d'entre elles portaient la trace de leur usage avec leurs lignes en partie effacées et des empreintes grasses qui imbibaient le papier. Certaines étaient encore parsemées de farine. J'adorais l'idée de ces instructions précieuses transmises aux amis de Jo et à ses clients. Et si Ed pouvait se détendre un peu, on pourrait même boucler ce satané livre avant Noël…

— Ouh là là là là, s'écria-t-il. Tu ne vas pas un peu trop vite ? Il nous faut d'abord une recette de *mincemeat.*

— De quoi ?

— La garniture pour remplir les tartelettes. Ce qui en fait des *mince pies.*

— Mais…

Mes épaules s'affaissèrent.

— … Je pensais qu'on pouvait juste… l'acheter ? Peut-être ?

Pfff, qui essayais-je de berner ? Comme s'il allait se satisfaire d'un pot de *mincemeat* industrielle alors qu'il pouvait passer des heures à la faire confire lui-même. Comme s'il allait « se détendre un peu » !

— Je plaisante..., marmonnai-je en le voyant ouvrir la bouche pour protester. Évidemment qu'il faut préparer la *mincemeat* avant. Je rigolais, c'est tout.

Je ne rigolais pas, au cas où vous auriez des doutes. Je commençais surtout à espérer que Jo ait inclus une recette pour gérer les chefs cuisiniers tatillons dans son répertoire : *prendre une grande cuillère à soupe de patience et ajouter de la colère frémissante. Serrer les dents pour au moins dix secondes avant d'ouvrir la bouche. Et surtout, tâcher de résister à l'envie de saisir la poêle la plus lourde pour en frapper la tête du chef...*

— Ooh, elles ont l'air délicieuses. C'est Ed qui les a faites ?

Je souris à Annie, un tantinet exaspérée. Le café bourdonnait des bavardages de la vingtaine de femmes du village venues pour la soirée entre filles.

— Évidemment que c'est Ed qui les a faites. Et c'est bibi qui a pesé les fruits secs et fait la vaisselle.

Je posai un doigt sur la dernière miette de pâte brisée dans mon assiette et le portai à ma bouche.

— Elles sont sacrément bonnes, pas vrai ?

— Exceptionnelles, approuva Martha, la fille d'Annie. J'espère que vous en apporterez pour le feu de joie du réveillon.

— C'est déjà sur ma liste, affirmai-je. D'ailleurs ça tombe bien parce qu'Ed a préparé tant de *mincemeat* qu'on en aura encore en juin.

Il avait fallu plus de temps que je l'aurais cru pour que la garniture aux fruits secs atterrisse dans les moules à tartelettes, et enfin dans mon assiette. D'abord, tous les ingrédients devaient macérer ensemble pendant douze heures, avant de cuire à feu doux pour trois heures le lendemain matin. Une véritable épreuve de patience.

Malgré l'attente insupportable, force était de reconnaître que les petits pots de confiture aux fruits secs et aux épices étaient magnifiques, surtout une fois décorés de leur carré de tissu vichy attaché avec une ficelle sur le couvercle.

— Ça fait une jolie farandole de cadeaux de Noël, avais-je dit en les alignant sur la table en pin pour les photographier.

Terminées, les *minces pies* étaient encore plus belles. Nous avions trouvé deux versions dans le classeur de Jo : la tartelette couronnée de l'étoile traditionnelle et sa variante frangipane, confectionnée avec une pâte à l'amande. Ed avait préparé les deux, ce qui signifiait qu'en tout, on ajoutait trois recettes au livre. Hourra ! Enfin du progrès.

C'était la dernière soirée de l'année et, en prévision de l'affluence, j'avais sorti deux énormes plateaux de *mince pies.* La soirée entre filles était un événement incontournable de Carrawen Bay. Je l'avais lancée au cours de l'été, essentiellement parce que je m'ennuyais et que je ne connaissais personne au village. J'avais proposé à toutes celles qui le souhaitaient de me rejoindre au café, de préférence avec une bouteille et quelques petites choses à grignoter. En général, une vingtaine de femmes venaient échanger les derniers potins et boire un coup, et je les considérais maintenant comme des amies – qu'elles soient adolescentes comme Martha ou retraitées aux cheveux blancs comme Florence. Annie, blonde et souriante, était ma cheffe pâtissière, qui nous fournissait ses créations en été. Betty, à l'œil de lynx et à qui on ne la faisait pas, gérait l'épicerie du village. Terrifiante au premier abord, elle s'avérait un amour quand on apprenait à la connaître. Il y avait aussi Mags, la coiffeuse à domicile aux cheveux roses, Elizabeth, l'érudite qui tenait le club de lecture, et bien d'autres encore.

— Noël approche, commenta Betty en grignotant une tartelette décorée d'une étoile. Ça, c'est de la *mince pie.* Maintenant que j'ai goûté les vôtres, je ne vais plus jamais pouvoir en acheter des toutes faites en magasin – non pas que j'aie l'intention de m'approcher d'une boutique de sitôt.

Elle afficha un petit sourire satisfait.

— Figurez-vous que j'ai bouclé tous mes cadeaux pour cette année.

— Déjà ? m'écriai-je, mi-admirative, mi-paniquée. Je n'ai même pas commencé les miens !

— Qu'est-ce que tu comptes offrir à Ed ? demanda Florence, les yeux pétillants.

Elle était férue de romance et endossait le rôle officieux de conseillère en amour au sein du groupe depuis des mois. Son aide avait été cruciale pour me faire mesurer les sentiments que j'éprouvais pour Ed.

— Hmmm. Bonne question. Je ne sais pas encore.

Betty sembla horrifiée.

— Tu n'as pas commencé tes courses de Noël et tu n'as même pas réfléchi à ce que tu allais acheter à ton petit copain ? Mais enfin, ma fille, secoue-toi. Il ne reste que trois semaines, tu sais.

— Trois semaines et deux jours, rectifiai-je. Et j'ai quand même des tonnes d'idées pour remplir sa chaussette de Noël. C'est juste sur le cadeau principal que je sèche un peu.

Bien sûr, elles prirent toutes cette déclaration pour une invitation à faire des suggestions.

— Pourquoi pas une belle montre ? dit Betty.

— Oui, pourquoi pas… mais j'espérais trouver quelque chose de plus… palpitant.

— Ou alors des sous-vêtements thermiques et une bouillotte ? Ça sera utile si vous comptez passer l'hiver ici, proposa Wendy.

— Wendy ! protestai-je avec une grimace. C'est l'idée la moins sexy que j'aie jamais entendue.

— Et puis, elle a sa propre méthode pour lui tenir chaud, pas vrai, ma biche ? renchérit Mags avec un clin d'œil.

— Tu pourrais lui tricoter un pull.

C'était l'idée d'Annie.

— Euh non, c'est la catastrophe assurée.

— Bon, eh bien, qu'est-ce qu'il aime, alors ? demanda Martha. C'est quoi, son truc ?

Je me reculai dans mon siège pour réfléchir. Qu'aimait Ed ?

— Le surf. Le café. Regarder le soleil se lever. Son verre de vin à la fin de la journée. La vue depuis les falaises sur la baie.

— *C'est là un peu de mes joies quotidiennes…*, chantonna Elizabeth en gloussant.

— Le Big Sandwich au bacon. Moi. Surfer – oh, je l'ai déjà dit. Euh…

Je me creusais les méninges.

— Les chiens, le rôti. Euh…

— Achète-lui une nouvelle planche de surf, conseilla Martha.

— J'ai déjà regardé, mais elles sont toutes tellement chères... Je crois que ce serait un peu démesuré, non ? On n'est ensemble que depuis quelques mois.

— Alors un chien, proposa Elizabeth. Il avait bien aimé promener celui d'Helen et Rob pendant leurs vacances, non ?

— Il adorerait avoir un chien, c'est sûr. Et moi aussi. Mais on est censés partir un mois en Inde en février, et ce ne serait pas responsable vis-à-vis de la pauvre bête.

J'étais découragée.

— Et vous, qu'est-ce que vous offrez à vos maris et copains ? demandai-je en sentant que les idées commençaient à se tarir.

— J'ai acheté un baromètre de pêcheur et un lot de mouchoirs de poche pour Tony, déclara fièrement Betty. Brodés à ses initiales, très élégants.

— Mon mari va recevoir une machine à thé Teasmade et des chaussettes douillettes, dit Wendy. Il a toujours les pieds gelés à cause de ses problèmes de circulation. Un cauchemar au lit, je vous jure.

— Je vais offrir à Jamie de l'aquarelle et les super pinceaux qu'il veut, déclara Martha en rougissant. Il rentre la semaine prochaine, j'ai hâte.

— Moi aussi, soupira Betty, la mère de Jamie.

Jamie, le copain de Martha, était en école d'art à Falmouth. La conversation s'orienta vers leurs projets pour les fêtes, et je me levai pour récupérer les assiettes et les empiler au bout de la table, accablée par la nullité de mes compétences en matière de cadeaux. Toutes semblaient savoir exactement quoi offrir à leur amoureux pour Noël – même s'il ne s'agissait que de chaussettes barbantes et de mouchoirs de poche. Quant à moi, je n'en avais pas la moindre idée. Niveau petite amie : ZÉRO.

Pas de panique, pensai-je pour mobiliser mon courage. *J'ai encore largement le temps.* J'allais forcément trouver le cadeau parfait très bientôt. Pas vrai ?

3

QUELQUES JOURS PLUS TARD, les premières cartes de vœux arrivant, mon enthousiasme grimpa en flèche à la vue de toutes ces enveloppes rouges et blanches sur le tapis derrière la porte, tombées de la fente du courrier. La veille, je m'étais assise pour rédiger les miennes et j'avais savouré la joie de pouvoir écrire « J'habite maintenant dans les Cornouailles où je gère un café sur la plage avec l'homme de mes rêves. Venez nous rendre visite quand vous voulez, l'adresse est juste en dessous ! » (Avait-on jamais vu meilleure nouvelle annoncée via une carte de vœux ? Je ne crois pas.)

Ed n'envoyait pas de cartes (quelle surprise – aucun de mes copains n'avait jamais compris l'intérêt de cette tradition), c'est pourquoi je fus déconcertée en ramassant une enveloppe crème à son nom, dans une calligraphie pointue – et féminine, j'en étais certaine.

— Tu as du courrier, annonçai-je aussi gaiement que possible en jetant l'enveloppe sur la table de la cuisine avec les autres cartes.

Ressaisis-toi, Evie. Ed avait probablement une tonne d'amies que je n'avais pas rencontrées. Pourquoi ne lui enverraient-elles pas une carte de vœux ? Elles en avaient bien le droit. Si ça se trouve, ça venait de sa mère.

Ed, qui était en train de mélanger le granola pour le chapitre sur les recettes du petit déjeuner, laissa tomber la cuillère en bois contre le saladier et s'essuya les mains sur son tablier avant de décacheter l'enveloppe.

Je m'attelai à ouvrir les miennes aussi : celles de mes copines d'Oxford et de mes sœurs, ainsi qu'une signée de Rachel et Leah, les Australiennes adorables qui avaient travaillé pour nous pendant la haute saison avant de retourner à Melbourne. Il y avait une carte de Saul, le garçon le plus mignon du monde et le fils de mon ex, Matthew. À l'intérieur de sa carte, il avait dessiné un Moomin affublé un bonnet de Père Noël (Saul et moi partagions une passion pour les Moomins) et je pris le temps de la contempler avec un pincement au cœur, jusqu'à ce que je remarque Ed qui se raidissait derrière moi dans un silence sous tension.

La carte. L'écriture pointue. Je *savais* que c'était de mauvais augure.

— C'est de qui ? demandai-je d'une voix trop aiguë.

— Melissa, grogna-t-il en abandonnant la carte sur la table pour retourner à son granola.

Ahh, Melissa. La peste manipulatrice à qui il avait été marié. La garce malfaisante qui avait essayé de lui planter un couteau dans le dos. *Désolée, Melissa,* songeai-je amèrement en récupérant avec dégoût la carte rouge brillant, *mais il va falloir plus qu'une carte pourrie pour qu'Ed te pardonne, ma belle.*

Cher Ed,

C'était super d'avoir de tes nouvelles ! Passe un merveilleux Noël.

Je t'embrasse,

Tendrement,

Melissa et Violet

Violet. Ça devait être son bébé – Ed avait mentionné qu'elle était tombée enceinte quand elle l'avait trompé. Je lâchai la carte comme si elle était radioactive. Euh… pardon ? « super d'avoir de tes nouvelles ? » « Je t'embrasse » ? et « tendrement » en plus ? J'avais dû louper un épisode. Pourquoi on ne m'avait pas prévenue que mon copain faisait ami-ami avec son horrible ex-femme machiavélique ? Et attendez une minute… Pourquoi n'y avait-il aucune mention d'Aidan, le type qu'elle s'était tapé ?

— Je ne savais pas que vous aviez gardé contact, dis-je, le cœur battant.

— Si, un peu, répondit-il en fuyant mon regard. Mais seulement pour parler finances, dissolution de l'entreprise, et divorce. Pas exactement des conversations agréables.

Je pinçai les lèvres.

— Sa carte m'a pourtant l'air très amicale, fis-je remarquer.

— Evie… je suis en pleine procédure de divorce. Tu ne penses quand même pas sérieusement qu'il y a autre chose entre nous ? Je ne peux pas la blairer.

— Tu aurais pu me dire qu'elle avait repris contact, couinai-je d'une petite voix.

— Quel intérêt ? Est-ce que tu me racontes le moindre de tes coups de fil ?

— Non, mais…

Est-ce qu'elle avait si vite rompu avec Aidan ?

— Bon, ben tu vois.

Mes yeux me picotaient alors qu'il reprenait son granola, le visage fermé, dans une posture qui se détournait de moi. Ed et moi ne nous disputions jamais. Jamais !

— Désolée, marmonnai-je.

J'enfilai mon manteau pour descendre à la plage et fuir la conversation avant qu'elle ne dérape. L'air restait coincé dans mes poumons comme si je ne savais plus comment respirer, et mes yeux étaient embués de larmes alors que je marchais sur le sable, les cheveux au vent.

Je ramassai un galet gris pour le jeter loin dans la mer. Puis un autre. Et encore un autre. *Va te faire voir, Melissa,* songeai-je férocement. *Tu n'es pas la bienvenue ici. Remballe tes coups de fil et tes cartes de vœux à l'écriture pointue et mets-les là où je pense.*

Ed vint me retrouver un peu plus tard, avec une thermos de café et une couverture.

— Désolé, dit-il en enroulant le plaid autour de nous deux et en me serrant contre lui. Je ne voulais pas passer mes nerfs sur toi.

Je m'abandonnai à son étreinte, réconfortée par ses excuses et par la chaleur de ses bras.

— Pas grave, marmonnai-je.

— Elle n'est plus rien pour moi. Tu le sais, n'est-ce pas ?

— Oui, oui, répondis-je même si ce n'était pas tout à fait vrai.

Bien sûr qu'elle représentait encore quelque chose pour lui : c'était son ex-femme, celle dont il avait autrefois été fou amoureux, qui lui avait brisé le cœur et avait chamboulé sa vie. Impossible de sortir d'une telle relation en n'éprouvant plus rien. Et voilà qu'elle lui envoyait une carte de vœux pleine de bons sentiments, semant la confusion entre nous.

— Ne t'inquiète pas, reprit-il comme s'il lisait mes pensées. Vraiment. Il n'y a aucune raison. Je suis avec toi à présent. C'est toi que j'aime.

Je l'enlaçai pour le serrer plus fort.

— Tant mieux, parce que c'est toi que j'aime aussi.

Prends ça, Melissa, songeai-je en savourant notre embrassade. Ed et moi, ensemble contre tous, et rien ne pourrait nous arrêter.

Bien au chaud sous la couverture, je restai assise sur les rochers avec lui pour partager la thermos de café.

— Ça va être un super Noël, déclarai-je. Je le sens.

Une semaine passa, nous laissant le temps d'installer non pas un mais deux sapins : un épicéa bleu immense de Tregarrow Farm, somptueux, dans un coin du café avec ses guirlandes de lumières blanches et ses boules argentées ; et un petit sapin artificiel pour notre appartement, décoré avec beaucoup moins de goût – guirlandes de toutes les couleurs, boules Père Noël LED et sujets en chocolat.

À présent, c'était vraiment Noël. Tout était prétexte à lancer mes compilations de chansons de Noël, nous avions fait le plein d'alcool de fête, et nous venions de clore la dernière mission traiteur de l'année : le buffet et les photos d'un merveilleux mariage à la mairie du village. À nous deux, l'entreprise tournait plutôt bien et nous nous consacrions chacun à notre passion : lui s'occupait de ravir les papilles, tandis que je maniais mon fidèle appareil pour remplir les pages des albums.

J'avais un véritable sentiment d'accomplissement en bouclant cette ultime commande. Le café était fermé, et le prochain événement n'aurait pas lieu avant plusieurs semaines – une fête d'anniversaire à la mi-janvier. J'avais hâte de pouvoir passer du temps en tête à tête avec Ed : de longues promenades sereines sur la côte suivies de soirées douillettes avec une bouteille de vin et une émission télé. Nous avions les couvertures, le feu de cheminée, et un frigo rempli de victuailles. J'étais tentée de fermer les portes à clé pour hiberner, juste tous les deux, pour un mois.

L'autre bonne nouvelle, c'était que j'avais enfin attaqué le shopping de Noël tant redouté. (Tu as vu ça, Betty ?) Une escapade improvisée à Padstow m'avait porté chance, et j'y avais découvert un marché de Noël miraculeux. J'avais fait la fière en vadrouillant d'étal en étal afin de récolter des produits artisanaux pour mes sœurs, un pendentif en argent fait main pour ma mère et une magnifique écharpe pour ma meilleure amie Amber. Je m'étais même débrouillée pour faire envoyer directement à mon père et à mes beaux-frères des caisses de bière des Cornouailles. Quelle efficacité ! Qui plus est, j'avais récupéré quelques babioles pour la chaussette d'Ed : un guide de voyage sur l'Inde, des *fudges* chocolat-pistache et une jolie carte vintage de la côte nord des Cornouailles. Il me restait encore à lui trouver un gros cadeau susceptible de l'émerveiller. (Internet ne m'avait pas non plus aidée sur ce coup-là. Pourquoi toutes les boutiques en ligne semblaient-elles croire que les hommes rêvaient d'un kit de nettoyage pour la voiture ? ou d'une cravate ? ou de boutons de manchettes ? Flash info ! Alerte à l'idée naze !)

En fin de compte, c'était à ma nièce Isabelle que je devais une fière chandelle. Dix jours avant Noël, alors que je commençais à paniquer sérieusement de n'avoir toujours rien trouvé de fabuleux pour Ed, Ruth m'appela pour m'annoncer les grandes nouvelles du moment : son mari avait été promu (bravo, Tim), son fils avait été sélectionné pour l'équipe de foot de l'école (bravo, Hugo) et elle espérait courir un marathon au printemps (bravo, Ruth). D'habitude, ce genre de bavardage m'accablait d'amertume et d'un sentiment d'échec personnel, mais ces derniers temps, j'étais trop heureuse pour lui en vouloir ou la jalouser et je parvenais à la féliciter sincèrement pour le succès de sa famille. Je sais ! Une vraie adulte !

— Isabelle voudrait te dire un mot – un instant, chérie – bon, c'était un plaisir de papoter avec toi, la bise à Ed, et nos cadeaux sont en route via la poste. Bisous !

Isabelle récupéra le combiné. C'était un amour, cette petite. Elle m'envoyait souvent des SMS depuis le téléphone de sa mère (« C Koi la glace au café aujourd'hui ??? Je peux en avoir ??? !!! ») et apparemment, elle racontait à tout le monde qu'elle ferait comme Tata Evie quand elle serait grande. Après avoir endossé le rôle de « mouton noir de la famille » pendant tant d'années, occuper maintenant celui d'exemple pour une enfant de neuf ans avait demandé un temps d'adaptation – mais qu'est-ce que ça faisait du bien !

— Salut, ma puce, comment tu vas ? Tu as hâte d'être à Noël ?

— Oh oui ! Hier il y avait le spectacle de la chorale, et j'ai chanté toute seule devant tout le monde, annonça-t-elle d'un seul souffle.

— Toute seule ! répétai-je avec un clin d'œil pour Ed qui venait d'entrer dans le salon.

Comme toujours, j'étais recroquevillée sur mon côté préféré du canapé, et il plongea sur l'autre coussin, pressant mon pied avec complicité.

— Bravo, Iz ! C'est génial !

— Oui ! Et j'avais vraiment le trac, mais ça s'est trop trop bien passé. Et tout le monde a applaudi suuuper longtemps ! Tata Evie, je voulais te dire que mon cadeau va arriver un peu en retard, parce que je l'ai fait moi-même et il était pas sec quand maman a fait le colis alors on va l'envoyer plus tard.

— Ohh, j'ai hâte de l'ouvrir et de voir ce que c'est ! Merci.

— C'est un…

— Ne dis rien ! Laisse-moi la surprise. Tu l'as fabriqué toi-même, c'est ça ?

— Oui. Parce que les cadeaux fabriqués sont les plus spéciaux, et tu es ma tata spéciale, alors je me suis dit…

— Oh, ma puce, c'est adorable. Comme c'est gentil. Et tu as raison, les cadeaux faits main sont les plus spéciaux.

Soudain, je sentis mes méninges s'activer. Un cadeau fait main pour Ed. Mais oui ! Pourquoi n'y avais-je pas songé plus tôt ?

— … et maman a dit qu'elle allait vite le poster. Peut-être demain ! Comme ça il va arriver pour Noël !

— Merci. Je vais sauter sur le facteur dès que je le verrai. On s'appelle le 25, d'accord ? Au revoir, ma puce.

Je reposai mon téléphone, pleine d'idées. Un cadeau spécial fabriqué maison. Évidemment. Tope là, Isabelle. En plein dans le mille !

— Pourquoi tu souris ? demanda Ed en me titillant du bout du pied.

Je tapotai mon nez d'un air que j'espérais mystérieux.

— T'occupe, tu verras.

J'évinçai rapidement toute une série de cadeaux faits main. La pâtisserie – hors de question. La couture – idem. La peinture – si seulement. Mais la photographie… oui. Je pouvais prendre une super photo. Peut-être une de la baie au lever du soleil. Ou depuis la falaise. Ou…

Dans ma tête, j'invoquai la liste des « joies quotidiennes d'Ed » récitée lors de notre soirée entre filles. *Le surf. Le café. Le lever du soleil. Un verre de vin à la fin de la journée. La vue de la baie depuis les falaises. Moi…*

Soudain, je l'avais. Le cadeau parfait. Bingo !

— C'est ça ! m'écriai-je en bondissant. Du génie.

Ed m'adressa un regard interrogateur alors que je me dépêchais de sortir de la pièce.

— Euh, il se passe quoi là ? lança-t-il après moi.

— Rien, rien ! chantonnai-je.

Je filai dans notre chambre en me demandant où j'avais vu mon ordinateur pour la dernière fois, pile quand le téléphone sonnait à nouveau.

— Allô ? dis-je en tentant de masquer mon impatience.

— Bonjour, chérie, c'est maman. J'appelle juste pour bavarder un peu.

— Oh, répondis-je assez peu poliment.

Je plongeai sur mon lit. Ma mère ne connaissait pas le sens véritable des mots « un peu ». J'étais maintenant coincée pour une demi-heure pendant laquelle elle me gratifierait des moindres détails palpitants (ou pas) des aléas de son quotidien avec papa, incluant un rapport complet sur Monty, leur yorkshire. D'ordinaire, ça ne m'aurait pas posé problème – je vaquais souvent à d'autres occupations par ailleurs, comme trier le linge ou lire un livre pendant qu'elle déversait son bavardage – mais ce soir je brûlais de me lancer dans mon idée fantastique de cadeau.

— Tout va bien ?

J'avais visiblement déclenché le radar d'inquiétude parentale avec ma réponse pour le moins enthousiaste.

— Est-ce que ça va, ma chérie ? Tu n'as pas l'air en forme, poursuivit ma mère d'un ton suspicieux. Qu'est-ce que tu racontes de beau ?

— Je vais bien. Je suis juste fatiguée, c'est tout.

— Tu n'as pas attrapé un mauvais rhume, j'espère. Parce que je sais combien il peut faire froid à Carrawen, avec tout ce vent dans les dunes. Je me faisais toujours du souci pour vous les filles quand on y allait en hiver parce que…

— Je vais bien, maman, répétai-je. On vient de faire réviser la chaudière et on reste bien au chaud. Promis.

— Et tu ne te sens pas trop seule ? Je me demandais comment tu trouverais la basse saison sans les touristes. Les plages sont très vides en hiver, surtout dans ton coin, loin de tout.

— Non, c'est super, l'interrompis-je. J'en profite ! Bref, comment…

Mais elle ne se laissa pas distraire si vite.

— Alors j'espère que tu ne travailles pas trop dur, continua-t-elle sans m'écouter. Parce que si le café devient trop compliqué à gérer pour toi, tu sais que tu es la bienvenue chez nous à Oxford. Ton père et moi, on s'occupera de te requinquer.

— Maman, tout va bien, je te jure, assurai-je, exaspérée.

Elle semblait tellement convaincue que j'étais en proie à un terrible mal-être qu'il était impossible de la couper sur sa lancée.

— Tout va parfaitement… bien.

— C'est juste que je sais combien tu aimes Noël, et tu n'as pas l'air vraiment dans l'ambiance…

Elle continua ainsi pendant plusieurs minutes, jusqu'à ce que je lui fasse remarquer que j'entendais la sonnette de l'entrée (à mon plus grand soulagement) et lui demande si elle ne ferait pas mieux d'aller ouvrir.

— Il n'y a rien qui sonne, répondit-elle, confuse. Qui viendrait frapper à ma porte à vingt et une heures ? Et ce n'est pas ton père, il regarde *Quite Interesting* dans le salon.

La sonnette retentit à nouveau, suivie de la voix d'Ed.

— J'y vais ! lança-t-il.

— Oh, dis-je, abasourdie. C'est la sonnette de chez moi. Je n'attendais personne pourtant.

— Je vais te laisser alors. Je vois que tu es occupée. Souviens-toi de ce que je t'ai dit, d'accord ? Tu es toujours la bienvenue à la maison.

— Merci, maman.

Au rez-de-chaussée, j'entendis la porte qu'on ouvrait… puis des exclamations.

— Ça alors ! Mais qu'est-ce que tu fais là ?

4

Je lâchai mon téléphone et me précipitai au rez-de-chaussée pour voir qui avait sonné… et me retrouvai face à un inconnu bronzé qui avait le grand sourire et les yeux gris d'Ed.

— Evie ! s'écria Ed en remarquant ma présence. Je te présente Jake, mon frère. Il revient de quoi… huit mois, en Thaïlande ?

— Plus ou moins, approuva Jake.

Bizarre. Il avait la même voix qu'Ed. Impossible de détacher mon regard de son visage.

— Je ne savais pas que tu étais de retour en Angleterre, reprit Ed en lui donnant une tape dans le dos. Oh, petit frère, je suis tellement content de te voir. Je n'arrive pas à y croire.

— Salut, Jake, dis-je.

Je ne savais pas grand-chose du frère d'Ed, à part qu'il était plus jeune et sans cesse en vadrouille à l'autre bout du monde.

Ed se rappela qu'il n'avait pas terminé les présentations.

— Au fait, voilà Evie, ma copine – c'est à elle qu'appartient le café. Bref, je vais te sortir une bière. Allez, entre !

Jake posa pour la première fois les yeux sur moi.

— Ravi de faire ta connaissance, Evie. Ça ne t'embête pas si je reste un peu avec vous ? Juste le temps de décider de la prochaine étape.

— Bien sûr que non, ça ne me dérange pas. Monte à l'appart, c'est plus confortable. Et bienvenue en Cornouailles !

À l'entendre, Jake s'était éclaté en Thaïlande : nuits de folie, farniente le jour et quantités effrayantes de whisky Mekhong. Visiblement, il comptait poursuivre la fête jusqu'ici, dans notre appartement, avec des litres de whisky bas de gamme de supermarché. Et nous.

— Jake, tu as une très mauvaise influence, grognai-je vers minuit. Mon foie n'en peut plus, je crois que je vais m'arrêter pour ce soir.

— Je te rejoins bientôt, dit Ed qui ne semblait pas sur le point de bouger avant plusieurs heures.

— Bonne nuit, Jake, conclus-je en titubant jusqu'à la porte du salon. Le lit de la chambre d'amis est prêt. À demain.

— Bonne nuit, répondit-il.

C'était un drôle d'oiseau, Jake ; je n'arrivais pas encore à le cerner. Si par bien des aspects il ressemblait comme deux gouttes d'eau à Ed – c'en était perturbant –, il y avait quelque chose de dur en lui qui le distinguait. Quand Ed l'avait interrogé sur sa dernière petite amie en date, Bridget, il nous avait raconté avec rancœur et sans ambiguïté les raisons pour lesquelles cette relation avait été une erreur.

Après m'être lavé les dents, je regagnai notre chambre avec un verre d'eau – pressentant déjà la gueule de bois immense qui m'attendait au matin. La porte du salon était entrouverte et je ne pus m'empêcher de surprendre des bribes de conversation.

— Qu'est-ce que tu fiches dans ce bled, Ed ? demandait Jake à voix basse. Sérieux, un café ? On est loin du Silvers.

Je restai pétrifiée. Silvers était le nom du restaurant dont Ed et Melissa avaient été propriétaires à Londres, dans le quartier tendance du West End.

— C'est sûr, mais c'est en partie l'intérêt, répondit Ed avec un rire. Londres m'a détruit, alors qu'ici…

— Ouais, d'accord, mais quand même… C'est le trou du cul du monde. Et sans vouloir critiquer Evie…

Je me raidis. « Sans vouloir critiquer Evie » n'était pas le début d'une phrase que j'avais envie d'entendre en entier.

— … elle n'est pas exactement…

— Pas exactement quoi ?

Je frissonnai devant le ton glacial d'Ed, et enroulai mes bras autour de mon buste, la chair de poule courant sur ma peau. Le silence me noua le ventre alors que j'imaginais Jake affichant une moue moqueuse. Pas exactement quoi ? C'était quoi, son problème ?

— Rien, finit-il par marmonner. Je te ressers un verre ?

— Oui, je veux bien.

La conversation dévia sur un de leurs amis d'enfance et j'allai me coucher, tremblante et pleine de doutes, regrettant de les avoir entendus. De quel droit Jake traitait-il Carrawen de « trou du cul du monde » ? Il avait débarqué de nuit et n'avait encore pas vu à quel point la région était belle ! Quant au commentaire qui avait failli lui échapper sur moi... une myriade de possibilités se bousculaient dans ma tête pour compléter sa phrase, et aucune d'elles n'était flatteuse.

Sans vouloir critiquer Evie, mais comparée à Melissa...

C'est pas vraiment ton genre de femme, d'habitude.

C'est pas une bombe.

Tu peux faire mieux.

Le prends pas mal, hein. Je ne dis pas ça pour être méchant.

Eh bien, je le prends mal, songeai-je en tremblant de colère. *Et si, c'est une critique.*

Je bouillais encore de rage quand Ed vint s'étaler sur le lit une heure plus tard, mais je gardai les paupières closes et fis mine de dormir. J'étais trop contrariée pour parler – et il était trop bourré pour formuler une réponse cohérente, de toute façon. Je me tournais et me retournais, tentant d'empêcher mon cerveau de répéter en boucle les quelques phrases que j'avais entendues. Impossible de les faire taire. Ed se mit à ronfler. Je sus alors que je serais incapable de fermer l'œil. La nuit allait être très longue.

Le lendemain matin, j'avais les yeux qui piquaient et j'étais à bout de nerfs, prête à exploser. Si Jake osait formuler la moindre critique sur le café, les Cornouailles, ou n'importe quoi d'autre qui me tenait à cœur, il allait y avoir du grabuge. Il avait beau être le frère d'Ed, ma patience avait atteint sa limite.

Après une douche bien chaude, j'entrai dans la cuisine pour découvrir que Jake était déjà réveillé. Et plus que ça : il avait préparé une cafetière pleine au parfum délicieux et il composait un immense petit déjeuner pour trois.

— Bonjour, dit-il gaiement. La vue d'ici est dingue, c'est fou ! Je n'avais pas remarqué en arrivant hier soir.

Je pinçai les lèvres, réprimant l'envie de lui renvoyer à la figure son commentaire sur le « trou du cul du monde ».

— Oui, elle nous plaît bien, répliquai-je sèchement.

— J'espère que tu ne m'en voudras pas, je me suis dit que j'allais faire frire quelques petits trucs. Tu as faim ?

Si j'avais su faire la tête, j'aurais répondu « pas vraiment », le nez en l'air. Mais a) je n'étais pas douée pour le mépris et b) j'étais affamée. Je marmonnai un « oui » ingrat, et sortis les couverts. *Je t'ai à l'œil*, songeai-je alors que Ed émergeait avec des petits yeux et les cheveux en bataille (adorable). *Je t'ai cerné, Jake Gray. Ne va pas croire que je suis tombée dans le panneau.*

Quelques jours passèrent, et Jake était toujours parmi nous. Il ne montrait aucune volonté de partir de sitôt, ce qui m'inquiétait un peu. Non seulement j'avais des tonnes des choses à faire avant Noël – le livre de recettes n'avait pas avancé d'un iota depuis son arrivée, et il me restait encore quelques babioles à récupérer pour la chaussette d'Ed, sans parler de son cadeau que je n'avais pas commencé – mais j'étais surtout pressée de retrouver la tranquillité à deux dont je rêvais depuis des semaines. Jake n'avait que la fête en tête, et l'attrait de la nouveauté s'essoufflait.

— Au fait…, lançai-je au quatrième matin.

Ed était parti chercher le journal, me laissant seule avec son frère à l'appartement. Jake était allongé sur le canapé, les pieds sur l'accoudoir devant *Noël chez les Muppets*, mais j'étais trop impatiente pour m'asseoir et me détendre.

— … qu'est-ce que tu comptes faire pour le réveillon ?

Était-ce trop rentre-dedans ? Oh, et puis zut, il fallait prendre les choses en main.

Il rigolait devant une blague de Michael Caine et, pendant un instant, je crus qu'il ne m'avait pas entendue. Puis il se tourna vers moi calmement et me jaugea.

— Pourquoi ? T'en as déjà marre de moi ?

Oui.

— Non, protestai-je avec une pointe de culpabilité. Bien sûr que non. Je me demandais juste…

— Je te charrie.

Avec un bâillement, il s'étira.

— Je ne sais pas trop encore. Je vais probablement aller voir mes vieux. Ou Melissa. La femme d'Ed, tu sais ? Elle a pris des nouvelles.

PARDON ?

— Oh, dis-je en tentant de rester calme.

Intérieurement, je bouillais et mon cœur battait à tout rompre. Pourquoi disait-il « la femme d'Ed », comme s'ils n'étaient pas en plein divorce ? Et surtout, pourquoi Melissa proposait-elle à Jake de passer la voir à Noël ?

— Je croyais qu'elle avait un nouveau mec, ajoutai-je en espérant qu'il ne remarque pas mes poings serrés. Ils n'ont pas un bébé, d'ailleurs ?

D'ailleurs. Regardez-moi, si détachée et indifférente, comme si je n'en avais rien à faire.

— Si, Violet. Melissa et Aidan ont rompu. Elle était triste de devoir passer Noël seule avec le bébé, et vu qu'elle me considère comme sa famille…

Oh, vraiment ? Je sentis mes yeux se plisser. Est-ce qu'Ed était au courant de ce plan ?

— C'est pas un peu bizarre ? demandai-je, le cœur battant plus fort. Passer Noël avec l'ex-femme de ton frère ?

— Non, pas vraiment. On s'est toujours bien entendus. En plus, leur appartement est dingue. Le grand luxe.

Il passa en revue notre petit salon pas du tout luxueux, juste au cas où je n'aurais pas compris l'allusion.

Je lui rendis un regard glacial.

— Même après la façon dont elle a trahi Ed… ?

Ma voix s'éteignit. Est-ce que ce type n'avait vraiment aucun sens de la loyauté envers son frère ? Il n'avait quand même pas besoin que je lui fasse un dessin ?

— Pfff, c'est ce qu'Ed t'a raconté ? demanda-t-il d'un ton amusé.

Mon visage s'enflamma. Qu'est-ce qu'il voulait dire par là ? Évidemment que c'était ce qu'Ed m'avait raconté. Est-ce qu'il insinuait qu'Ed me mentait et que je ne connaissais pas toute l'histoire ?

— Saaaalut !

Je n'avais jamais été si soulagée d'entendre la voix d'Ed.

— Salut ! lançai-je avec l'impression d'être à moitié hystérique. On est au salon !

Je ne voulais pas poursuivre ma conversation avec Jake une minute de plus. « Dépêche-toi, Ed, avais-je envie de crier, rapplique et sauve-moi de cette discussion sur ta satanée ex-femme. »

— Purée, c'est le pôle Nord dehors, annonça Ed en posant le journal sur la table basse.

Puis il remarqua la tension dans l'atmosphère.

— Tout va bien ?

— Oui, oui, dit Jake dont le regard était de nouveau tourné vers la télé. Enfin, à part qu'Evie essaie de se débarrasser de moi…

J'en restai bouche bée. Ce culot !

— Non, c'est faux ! protestai-je.

Il m'adressa un clin d'œil.

— Je rigole, dit-il.

J'étais pourtant sûre qu'il ne plaisantait pas. Il savait exactement ce qu'il était en train de faire.

— Oh, j'adore ce moment, reprit-il en se tournant vers l'écran. Michael Caine, ce héros.

Ed me lança un regard interrogateur, mais je n'avais rien à lui répondre. J'ignorais pourquoi Jake essayait de me provoquer, mais je n'allais pas lui accorder le plaisir de constater qu'il avait visé juste.

— Ça te dit d'avancer sur le livre de recettes aujourd'hui ? proposai-je à Ed d'un ton que j'espérais normal. On commence à vraiment prendre du retard sur le planning, alors ce serait bien de s'y remettre.

— Tu écris un livre de recettes ? demanda Jake avec intérêt.

— Oui, affirmai-je sur la défensive, prête à essuyer une remarque méprisante.

Melissa aurait certainement fait un meilleur boulot que la petite amatrice du trou du cul du monde que j'étais.

Ed lui expliqua le projet et je vis l'enthousiasme de Jake diminuer.

— Ah OK. C'est un truc fait maison, dit-il avec dédain. Je m'attendais à un contrat avec un éditeur, ou un truc du genre.

J'étais incapable de me retenir plus longtemps.

— C'est quoi, le problème avec le fait maison ? répliquai-je, piquée.

Il leva les paumes, les yeux écarquillés, comme si j'étais une folle dangereuse.

— Ouh là, du calme ! Il n'y a aucun problème, dit-il d'une voix qui insinuait qu'il y en avait clairement un.

Je l'imaginai soudain en train de tout raconter à Melissa et de se moquer avec elle. Il fallait absolument que je quitte la pièce et que j'ingurgite en urgence plusieurs chocolats de mon calendrier avant de dire quoi que ce soit d'autre.

— Il ne m'aime pas, persiflai-je dans la cuisine un peu plus tard, alors que je feuilletais les recettes de Jo en quête d'inspiration.

— Bien sûr que si, répondit Ed. Il me l'a dit.

Ah oui ? Était-ce avant ou après son ignoble « sans vouloir critiquer Evie… » ?? Je parierais plutôt sur « jamais ».

— Je n'essayais pas de me débarrasser de lui, marmonnai-je, je lui demandais seulement quels étaient ses plans pour le réveillon. Il l'a mal pris.

Ed se tut pendant un moment, puis expliqua :

— Le truc, c'est que je n'ai pas vu Jake depuis des lustres. Presque un an. Je ne veux pas qu'il se sente forcé de partir quelques jours à peine après son arrivée.

— Ce n'est pas ce que j'ai dit.

— C'est mon frère, insista-t-il comme si j'avais besoin d'un rappel.

— Je sais !

Ton frère qui envisage de fêter Noël chez ton ex-femme, d'ailleurs. Tu étais au courant ?

— Et ça me fait vraiment plaisir de passer du temps avec lui, alors…

— Je sais ! répétai-je. Et moi aussi !

Non, c'est faux. C'est archi faux. Il part quand déjà ?

— Dans ce cas…

— Ouh là là là là ! intervint une voix.

Et voilà qu'il débarqua, pile à ce moment. Il écoutait forcément à la porte.

— Qu'est-ce qui se passe ? demanda-t-il d'un ton faussement inquiet. Il y a de l'eau dans le gaz ?

J'étais à deux tout petits doigts de lui répondre d'aller se faire voir et de partir en trombe, mais je refusais de lui donner cette satisfaction. La dernière chose dont je voulais, c'était qu'il aille répéter ça à sa chère amie Melissa.

— Mais pas du tout, protestai-je avec un rire feint. (Toutes ces années de théâtre me servaient enfin.) On parlait juste… de ce qu'on allait préparer pour notre livre. Il y a tant de recettes parmi lesquelles choisir !

Je me forçai à soutenir son regard, malgré le rouge que je sentais me monter aux joues. Plus vite il serait parti, mieux je m'en porterais.

5

LE DÉJEUNER RESTA CIVILISÉ – à défaut d'être bavard –, mais je ne pouvais m'empêcher de rejouer dans ma tête les deux horribles conversations du matin. Systématiquement, je m'étais retrouvée dans le mauvais rôle, celui de la méchante petite amie qui voulait mettre le pauvre frère de son copain à la porte. Bon, d'accord, en cet instant je rêvais de le pousser dehors, voire d'une falaise, mais je n'avais pas été si transparente dans mes intentions. Et pourtant, Ed se comportait de manière étrange avec moi, tandis que Jake devait penser qu'il avait gagné la partie. « Attends un peu, mon pote, avais-je envie de lui dire chaque fois que je sentais son regard moqueur sur moi. Attends un peu. »

Nous venions de terminer de déjeuner quand on sonna. Ravie de cette distraction, j'allai ouvrir… et oubliai tout de mon amertume en un instant. De toutes les personnes qui auraient pu débarquer, ma préférée se trouvait sur le palier : Amber. Je poussai un cri de joie avant de remarquer ses yeux rougis, les larmes séchées sur ses joues et sa lèvre inférieure tremblante.

— Oh, Evie, je suis tellement contente de te voir, dit-elle avant d'éclater en sanglots.

Amber n'était pas du genre à pleurer pour des broutilles. Quelque que chose clochait. Sans compter qu'elle vivait à Londres, à plus de quatre cents kilomètres, et n'avait pas pour habitude de débarquer à l'improviste. Je la pris dans mes bras, toujours pas remise de ma surprise.

— Qu'est-ce qui s'est passé ? Entre ! Oh, ma biche, qu'est-ce qui ne va pas ?

Elle pleura contre mon épaule pendant une minute, et je parvins à capter les mots « menteur », « connard », « tabloïds », « engueulée par mon agent » et « pire journée de ma vie ».

— Ne t'inquiète pas.

Je l'attirai à l'intérieur pour pouvoir fermer la porte sur le vent glacial de l'hiver.

— Tu es arrivée, je vais prendre soin de toi. Enlève ton manteau et raconte-moi tout.

Si on pouvait obtenir la Croix de Victoria pour acte de bravoure au nom de l'amitié, Amber aurait dû être récompensée de son dévouement ultime au-delà du devoir. Elle avait été incroyable quand j'avais rompu avec Matthew six mois plus tôt – fournissant compassion, encouragements, chocolat et alcool. Elle m'avait même accompagnée dans mon périple jusqu'au Café de la Plage pour m'aider à me lancer. Alors évidemment que je comptais lui rendre la pareille, peu importe ce qui lui était arrivé.

— Désolée de venir sans prévenir. Oh, je… et en plus tu as déjà du monde, ajouta-t-elle en voyant Jake avec Ed.

— Ne t'excuse pas ! Tu es la bienvenue quand tu veux, tu le sais.

Bien plus que Jake, c'était certain.

Je lui pris la main pour la faire avancer.

— Amber, je te présente Jake, le frère d'Ed, qui vient de rentrer de Thaïlande. Jake, voici ma meilleure amie, Amber.

— Salut Ed, salut Jake, dit-elle d'une voix tremblante. Désolée d'interrompre votre déjeuner. Si c'est un mauvais moment, je peux…

— Bien sûr que non, affirmai-je fermement.

— Mais non, assura Ed en se levant pour la prendre dans ses bras. C'est toujours un plaisir de te voir, Amber.

— Salut, dit Jake.

Il ne l'avait pas quittée des yeux depuis qu'elle était entrée, et il la regarda enlever son énorme chapka en fausse fourrure pour libérer ses longs cheveux roux. Avec sa peau pâle constellée de taches de rousseur, ses yeux bleus, sa silhouette gracile, Amber était splendide. Ce jour-là, elle portait une robe toute simple en laine noire et une écharpe pourpre.

— Ravi de faire ta connaissance, ajouta-t-il précipitamment.

« Bas les pattes », eus-je envie de lui grogner.

— Tu as faim ? Il y a plein de bonnes choses à manger, indiquai-je en la guidant vers une chaise. Qu'est-ce qui te ferait envie ?

Elle inspira profondément et se força à sourire.

— Si ça ne t'ennuie pas, je veux bien un brandy, dit-elle. Un grand verre, si possible.

— Je t'accompagne, proposa Jake trop rapidement. Personne n'aime boire seul, pas vrai ? Et après tout, c'est Noël.

— Tout à fait, confirma Ed avec des yeux toutefois inquiets. Mais est-ce que je peux t'apporter aussi un truc à grignoter ? Un bon *steak sandwich* ? Sinon on a plein de *cornish pasties* au congélo que je peux réchauffer...

— Je ne suis pas censée manger de gluten, soupira-t-elle avant de faire la grimace. Oh, et puis zut. Foutu pour foutu... oui, merci, Ed. Va pour les deux. Et du gâteau, si tu en as. Je vais prendre le tout.

Amber et moi avions toujours eu une carrière pourrie, allant de galère en galère sans vraiment rien réussir. Mais cette année avait été particulièrement féerique pour nous deux – moi grâce au Café de la Plage, et pour elle, car elle avait décroché un super rôle dans une série diffusée en *prime time*. La dernière fois qu'on s'était parlé – quinze jours plus tôt, si je ne me trompais pas –, elle profitait des cadeaux, des restaus chic et des événements glamour qui venaient avec la célébrité... et elle était tombée folle amoureuse de son partenaire à l'écran, David Maguire.

Bien au chaud dans ma bulle douillette sur la plage, je n'avais pas eu vent que les choses avaient tourné au vinaigre de son côté : ce Maguire s'était avéré une ordure infidèle, et des photos d'Amber à ses différents stades de chagrin avaient fait la une de tous les tabloïds.

Après un déjeuner gargantuesque et un verre de brandy sans fond, nous étions parties toutes les deux nous promener sur le sentier du littoral, où elle m'avait raconté cette sordide histoire.

— Oh non, mais quelle amie naze je fais. Je suis tellement désolée de ne pas avoir été présente, lui dis-je en coinçant mon bras sous le sien. Quand je pense que tu as dû affronter ça toute seule… Où en es-tu avec David ? Tu crois qu'il y a une chance pour que vous vous remettiez ensemble ?

— Hors de question, riposta-t-elle. Impossible maintenant que je sais pour son autre copine. Son autre copine enceinte.

Elle donna un coup de pied rageur dans l'herbe.

— Le pire, c'est de devoir travailler avec lui tous les jours, alors que tout le monde est au courant. Alors que je le hais. Alors qu'il me harcèle avec ses justifications. Il nous reste une tonne de scènes pour les prochains épisodes, et ça va être horrible.

— Argh, l'enfer !

— Pourquoi je tombe toujours sur eux, Evie ? Pourquoi je choisis systématiquement les pires connards ? J'ai trente-trois ans. Combien d'années va-t-il encore me falloir pour reconnaître un abruti au lieu d'en tomber amoureuse ?

— Je vais te dire ce dont tu as besoin : de crier un bon coup. Vas-y. Personne ne va t'entendre. Inspire fort, et lâche tout.

— Quoi ? Ici ?

— Absolument. Comme ça.

Soudain immobile, je rejetai la tête en arrière et hurlai de toutes mes forces pour évacuer la tension ressentie depuis l'arrivée de Jake. Le vent emporta ma voix vers la mer.

— Essaie, tu te sentiras mieux.

Elle n'hésita pas davantage. Les poings serrés et avec une grimace furieuse, elle ouvrit la bouche et laissa tout sortir.

— AAAAAAAAAAARGGHHHH !

Puis elle sourit.

— C'est fou ce que ça fait du bien.

— Je sais, t'as vu ça ? C'est le meilleur moyen d'évacuer le stress. AAAAAAAAARRRRRGGGGHHHH !

— AAAAAAARRRRGGGGHHHH !

— AAAAAAAARRRRGGGHHHH !

Elle éclata de rire, et ajouta :

— Attends, les petits bonshommes en blouse blanche vont venir nous chercher d'une minute à l'autre.

— Mais non. C'est tout l'intérêt. On est complètement seules. AAAAAARRRRRRGGGHHH !

Je commençais à avoir mal à la gorge, mais je me sentais bien mieux. Hurler aidait, tout autant que la présence d'Amber – j'avais désormais une alliée à l'appartement.

— Qu'est-ce que tu as à évacuer, au fait ? demanda-t-elle en me dévisageant. Je croyais que vous viviez heureux au pays des Bisounours ici ?

Les goélands piaillaient en cercle au-dessus de nos têtes.

— C'était le cas, répondis-je en me remettant en marche. Jusqu'à ce que son ex-femme décide de lui envoyer des cartes de vœux très amicales et que Jake débarque pour ajouter son grain de sel.

— Hmmmm, ça ne me plaît pas, cette histoire.

Son téléphone sonna bruyamment, nous faisant toutes les deux sursauter. Elle regarda l'écran d'un air exaspéré.

— Ça non plus, ça ne me plaît pas, grommela-t-elle en l'éteignant pour le fourrer dans la poche de son manteau. Fichez-moi la paix, tous. Je suis venue ici pour vous fuir.

— C'était David ?

— Oui, sans doute pour m'exposer encore ses bonnes raisons d'avoir merdé. Comme si ça allait fonctionner. Il n'arrête pas de m'appeler, avec mon agent et ces ignobles journalistes qui ont mystérieusement obtenu mon numéro de téléphone. C'est un vrai cauchemar de rompre avec une célébrité. Tout le monde veut t'en parler, alors que tout ce que tu veux, c'est te cacher sous la couette et dormir pendant un an.

Je passai à nouveau mon bras sous le sien.

— Eh bien, tu peux te réfugier ici et dormir autant que tu veux. Jake se contentera du canapé, tu peux avoir la chambre d'amis.

— Sûre ? Je ne veux pas vous déranger…

— Pfff avec un peu de chance, ça le fera partir plus vite. Je croise les doigts…

Nous étions donc quatre à l'appartement, à moins d'une semaine de Noël. Pas exactement le scénario romantique de mes rêves, mais tant pis. Ce n'était plus qu'une question de jours, pas vrai ? Amber m'avait assuré qu'elle comptait passer Noël chez ses parents dans le Lincolnshire et qu'elle serait partie bien avant le grand jour, tandis que Jake… eh bien, Jake restait vague concernant ses projets. Malgré mon agacement, je n'osais pas le relancer, de crainte qu'il ne déforme mes propos pour monter Ed contre moi. Impossible de m'enquérir auprès d'Ed, qui semblait toujours sur la défensive au sujet de son cadet.

Mais il avait intérêt à trouver une solution avant que la dernière bougie de l'Avent ne se consume. Tout le monde sait que trois personnes, c'est une de trop – surtout à Noël. Sans compter que ses mauvaises manières commençaient à sérieusement me taper sur les nerfs – et pas juste ses piques sournoises. Il y avait les caleçons sales et les chaussettes orphelines abandonnés dans le salon où il dormait désormais. (Il n'était pas rare de s'installer sur le canapé pour regarder *EastEnders* et de découvrir qu'on était assis sur un boxer déjà porté. Pas cool.)

Sans parler du problème du ménage. Des litres de mon shampooing Aveda déversés dans la douche (pour le bénéfice de ses cheveux normaux qui ne méritaient certainement pas des ingrédients bio si onéreux). Il y avait aussi la question des goûts de luxe qu'il n'avait pas les moyens d'assumer. Il n'avait pas sorti un seul sou de sa poche depuis qu'il était arrivé, et même si ça ne semblait pas déranger Ed de le dépanner systématiquement, ça m'agaçait au plus haut point.

J'étais de plus en plus parano au sujet de Melissa. J'avais surpris des messes basses entre Ed et Jake un soir, et j'étais sûre d'avoir capté son prénom. Puis il y avait eu quelques coups de fil bizarres – une femme avait demandé à parler à Ed, mais avait brusquement raccroché quand j'avais répondu qu'il n'était pas à l'appartement, ou coupait en entendant ma voix. Plusieurs fois, j'étais entrée dans une pièce et j'y avais trouvé Ed chuchotant dans son téléphone portable. Pétri de culpabilité, il sortait alors pour poursuivre l'appel ailleurs. C'était forcément elle. Je le savais. Mais je savais aussi que l'interroger à ce sujet ne ferait que mener à une nouvelle dispute.

Amber, à qui j'avais confié mes doutes, ne les prenait pas au sérieux.

— Ed ? Mais il est fou de toi, ne sois pas bête. Tous les mecs ne sont pas des ordures comme David.

Quand je me plaignais de Jake, elle ne comprenait pas le problème non plus, puisque ce sale type était adorable avec elle.

— Peut-être que c'est un malentendu, avait-elle tempéré après mes jérémiades. Il m'a l'air tout à fait charmant, et pas du genre à être impoli envers qui que ce soit.

Charmant ? Ha ! Je savais ce que j'avais entendu, et, non, je n'avais pas mal compris. Il avait peut-être amadoué Amber, mais je ne me faisais aucune illusion sur son compte.

Enfin, il fallait voir le bon côté des choses : puisque Jake et Amber étaient là, autant en profiter. C'est ainsi que le lendemain matin, je suggérai assez lourdement à Ed et Jake que surfer leur ferait du bien.

— Vous pourriez même faire une journée surf, aller à Trebarwith, prendre les combis et une thermos de soupe…

— Bonne idée, approuva Amber dans un bâillement.

Son téléphone sonna pour la centième fois, et je le lui arrachai des mains pour l'éteindre.

— Pas toi, lui dis-je. Toi, tu restes avec moi.

Une fois débarrassée des hommes, je lui racontai mon projet pour le cadeau de Noël d'Ed. Je n'allais pas pouvoir emballer sa vue préférée des falaises dans un papier cadeau rouge brillant, mais je pouvais lui en offrir une magnifique photo. Mieux : douze photos sublimes de toutes les choses qu'il aimait le plus au monde.

— Et je vais en faire un calendrier, dis-je. Une Année au Café de la Plage. Qu'est-ce que tu en penses ?

— C'est une super idée. C'est parfait !

— Tu ne trouves pas que lui offrir un cadeau fait maison c'est un peu… naze ?

Je n'arrivais pas à oublier l'expression de dédain de Jake.

— Bien sûr que non ! C'est plus mignon, plus personnel. C'est plein d'amour, surtout venant de sa copine.

Je restais sceptique.

— Je te parie que Melissa lui a toujours offert des cadeaux qui en mettaient plein la vue.

— Sûrement, juste avant de détourner des tonnes d'argent de leur restaurant avec son amant et de faire risquer la prison à Ed avec ses fausses accusations d'agression, répliqua Amber. Comme s'il allait un jour lui pardonner ça. Écoute, oublie Melissa, d'accord ? C'est de l'histoire ancienne.

À l'évidence, ce n'était pas l'avis de Jake, pensai-je sombrement. Mais je décidai de ne pas m'appesantir sur le sujet. Qu'ils aillent se faire voir, ces deux-là. Nous avions un calendrier à fabriquer, et il fallait qu'il soit épique.

Armée d'un café bien serré, j'allumai mon ordinateur portable, essayant de conjurer mes peurs.

— Allez, c'est parti.

Je m'installai avec Amber sur le canapé et commençai à faire défiler les photos pour élire les meilleures. La difficulté serait de s'arrêter à douze, compris-je bien vite. J'avais eu la détente facile depuis mon arrivée, et il y avait des myriades de clichés parmi lesquels choisir : Ed sur sa planche de surf, plus libre et heureux que jamais, Ed qui riait aux éclats avec Florence en grillant les steaks des burgers pour le barbecue de fin d'été, les feux d'artifice de la baie pour Guy Fawkes Night, qui scintillaient dans le ciel noir et la silhouette floue des falaises et de la plage en fond, un coucher de soleil intense au ciel strié de couleurs cerise et abricot, un cliché volé sur lequel Ed était accroupi face à Lola, la chienne des voisins, et où les deux semblaient communiquer en silence…

— Elles sont toutes jolies, commenta Amber en faisant défiler les images. Celle-ci est parfaite pour le mois de la Saint-Valentin, regarde.

Ed et moi, rayonnants, marchions sur la plage, main dans la main, ignorant qu'on nous prenait en photo.

— Oh, c'est Rachel qui l'a prise, précisai-je. Elle m'a envoyé une tonne de photos par mail quand elle est rentrée en Australie.

Je contemplai l'écran avec un pincement de nostalgie.

— Ça faisait juste une semaine qu'on était ensemble.

— Ça explique tes cheveux emmêlés, me taquina Amber. Tu venais probablement de faire trembler les murs d'une cabine de plage.

Je lui donnai un petit coup de calepin.

— Tout le monde n'est pas aussi obsédé que toi ! la rabrouai-je (même si elle n'était pas si loin de la vérité). Maintenant concentre-toi pour finir.

Une fois lancées, il ne nous fallut pas longtemps pour élaborer un calendrier.

— La seule chose qui manque, c'est une photo ambiance Noël pour le mois de décembre, dis-je, songeuse.

— Je pourrais te prendre en photo devant le sapin, suggéra Amber avec un sourire malicieux. Tu as vu le film *Calendar Girls* ? Tu pourrais poser avec des *mince pies* placées aux endroits stratégiques…

Elle imita un cri de louve et conclut :

— À croquer !

J'éclatai de rire… avant de comprendre qu'elle ne plaisantait pas.

— Hors de question, protestai-je. Non, non.

— Oh, allez, ça va être génial. Pense à combien Ed va adorer. Helloooo Miss décembre !

Je gloussai.

— C'est vrai que ça pourrait être drôle.

J'imaginais la tête d'Ed quand il atteindrait cette page.

— Et en vrai…

Je m'interrompis alors que me revenait en mémoire une certaine conversation que nous avions eue au cours d'une nuit inoubliable.

— Notre première nuit ensemble, on… enfin, disons que si je fais ça, ce sera une blague entre nous. Je pense qu'il comprendra la référence.

— C'est un oui, alors ? Bravo, Evie. Maintenant, fais tomber les vêtements et prenons cette photo. Nous allons faire de lui l'homme le plus heureux au monde.

— C'est une idée complètement dingue, dis-je, mais tant pis. Allons-y.

Pouffant comme une gourde, j'élaborai avec Amber ma pose de Miss décembre. En hommage à la nuit de mon premier baiser avec Ed (suivi d'autre chose, ahem), et pour les besoins de la photo, je devais me retrouver à poil sous un tablier de chef, avec un sourire coquin et une guirlande rouge autour du cou. Classe, non ?

— Oh, et avec ça, ajouta Amber en réapparaissant après avoir fouillé l'étage.

Elle m'affubla d'un serre-tête aux bois de rennes et recula pour évaluer son œuvre.

— Parfait, annonça-t-elle.

Je posai alors devant le comptoir du café, sous la bannière « JOYEUX NOËL » or et rouge, distribuant les moues, les clins d'œil et les baisers soufflés tandis qu'Amber prenait une série de photos.

— Elles sont géniales, déclara Amber. Ma chérie, tu as un don. Si un jour tu traverses une période de vaches maigres, je suis sûre qu'il y a un film érotique avec ton nom en premier rôle qui t'attend.

Je lui balançai une cuillère en bois.

— Oh, tais-toi. On a fini ?

— Complètement. C'était parfait. Viens choisir celle que tu préfères.

Toutes n'étaient pas incroyables – j'étais gênée et mal à l'aise sur les premières, et celles où je soufflais des baisers, bien loin de l'attitude à la Marilyn Monroe que je visais, me donnaient plutôt l'air d'imiter un poisson. Les autres dévoilaient un peu trop mes seins sur le côté, d'une manière que je ne voulais pas voir en photo, merci bien. Pile quand je commençais à remettre en question toute cette idée (Kate Moss n'avait pas à craindre la concurrence), Amber passa à l'image suivante : moi, riant à gorge déployée, nez froncé, yeux pétillants. Pas exactement une bombe sexuelle, ni une top model, mais simplement moi, hilare. Nous nous écriâmes en chœur :

— Celle-là !

La décision prise, il ne restait qu'à se connecter au site d'impression à la demande, à charger les douze photos et à choisir un style de calendrier. D'après le site, il s'agissait du dernier jour pour les commandes de Noël, alors je payai les cinq livres de livraison accélérée, juste au cas où. Affaire conclue !

— Tope là, dis-je tandis que le mail de confirmation apparaissait dans ma boîte de réception. Merci beaucoup. Je n'aurais pas pu le faire sans toi.

— Tu rigoles ? Je me suis bien amusée. Et devine quoi, je n'ai pas pensé une seule fois à David de la journée. Et je n'ai même pas regardé mon téléphone. Tu crois que ça veut dire que je suis guérie ?

— C'est presque certain, assurai-je alors qu'aucune de nous n'était dupe.

Ma bonne humeur retrouvée, je partis me rhabiller. Mon cadeau pour Ed était enfin prêt – et j'étais convaincue qu'il allait l'adorer. Maintenant, je n'avais plus qu'à dire au revoir à nos invités, à me poser tranquillement, et à profiter de notre réveillon romantique. Aucun problème à l'horizon.

6

Ed et Jake revinrent du surf en fin d'après-midi, pile au moment où Amber glissait au four un plat de bœuf bourguignon. Dehors la nuit était tombée et les guirlandes du sapin illuminaient le café. Les deux hommes reniflèrent les effluves de cuisine d'un air appréciateur.

— Alors, qu'est-ce que vous avez fait de votre journée ? demanda Ed en se penchant pour m'embrasser.

Il avait la peau froide et ses cheveux sentaient les embruns.

— À part mitonner un plat fantastique, ajouta-t-il.

Amber m'adressa un regard complice.

— Vous y croiriez si je vous disais qu'on a fait un shooting photo à poil dans le café ? plaisanta-t-elle avec malice.

— Moi je ne demande qu'à y croire, en tout cas, répondit Jake dont les yeux s'éclairèrent aussitôt. Dites m'en plus.

— Ne sois pas débile, intervins-je. Comme si on était capables de faire une chose pareille…

— Oui, c'est ça, renchérit Amber en m'adressant un clin d'œil. C'est pas du tout notre style.

Ed m'interrogea du regard et je fis mine d'ignorer de quoi elle parlait, tout me retenant de rire. Si seulement il savait…

— Au fait, demain, il faudrait vraiment qu'on se remette au livre de recettes, Ed. Il est trop tard pour le faire imprimer pour Noël, mais ça pourrait faire un cadeau de nouvelle année, si on arrive à le terminer dans les prochains jours. Qu'est-ce que tu en penses ?

— C'est quoi, cette histoire ? Tu écris un livre ? s'étonna Amber.

— Je ne t'ai pas raconté ?

Je me lançai alors dans les explications de mon grand projet, évitant soigneusement le regard de Jake.

— … malheureusement, le temps a filé et on a pris du retard sur le programme.

J'ouvris le fichier sur mon ordinateur pour le lui montrer.

— Voilà, c'est tout ce qu'on a pour l'instant.

Elle fit défiler les pages abouties et Jake s'assit à côté d'elle. Je ne pouvais m'empêcher d'être fière de ce résultat à l'allure professionnelle : les photos étaient de super qualité et appétissantes, et le texte clair et bien mis en page.

— C'est sensas, déclara Amber avant d'atteindre trop vite la fin. Oh non. C'est tout ?

— Malheureusement. Ça nous a pris plus de temps que prévu.

— Et ça n'a pas aidé que l'affreux petit frère de ton copain se pointe et vous pousse à la biture tous les soirs avec lui, lança Jake avec un regard amusé.

Je ne te le fais pas dire, songeai-je en lui adressant mon sourire le plus hypocrite.

— Eh bien, on n'osait pas t'en parler mais…, plaisanta Ed.

— Sans oublier ta meilleure amie qui a débarqué sur ton perron en pleine crise de larmes, ajouta Amber d'un ton coupable.

— Mais non, ne dis pas de bêtises, la rassurai-je. De toute façon, je parie qu'on peut caser quatre ou cinq nouvelles recettes demain, si on s'y met vraiment. Tu ne crois pas, Ed ? Et si on continue à ce rythme, ce sera bon pour une impression en janvier.

— On peut vous filer un coup de main, proposa aussitôt Amber. N'est-ce pas, Jake ?

— Carrément, renchérit-il avec enthousiasme. Absolument. On pourrait même…

Personne n'entendit la fin de cette phrase, car en se levant d'un bond il renversa la table… et sous nos regards horrifiés, la bouteille à moitié pleine de cabernet sauvignon qui avait servi à arroser le bœuf bourguignon chavira, comme au ralenti.

— Attention ! hurlai-je en tendant le bras.

Trop tard. Le vin rouge se déversa allègrement sur le clavier, coulant à travers mes doigts alors que j'atteignais la bouteille. Un abominable grésillement s'échappa de l'ordinateur, et l'écran devint noir.

— Non ! gémis-je en appuyant frénétiquement sur tous les boutons.

Aucun résultat.

— Oh merde, dit Jake. Oh non. Je suis désolé, ma vieille. Tu avais fait une sauvegarde, non ?

Je n'arrivais pas à croire ce qui venait de se passer sous mes yeux. La scène ne cessait de se répéter dans une boucle étourdissante impossible à digérer. J'appuyai sur le bouton pour l'allumer, encore, et encore, mais l'ordinateur ne répondait plus.

— Il est mort, déclarai-je en sentant un sanglot enfler dans ma gorge. C'est fichu.

— Evie ? souffla Amber. Tu avais bien fait une sauvegarde, n'est-ce pas ?

— Non, croassai-je.

J'hésitais entre le rire hystérique à cause du choc, et les larmes. Évidemment que je n'avais pas fait de sauvegarde. Parce que ç'aurait été la première chose raisonnable à faire pour une personne organisée, compétente et prudente, et on savait tous combien Evie Flynn était stupide.

— Non, je n'ai pas fait de sauvegarde. Tout est perdu.

— Si ça se trouve, il faut juste lui laisser le temps de sécher, dit Ed.

Mais personne n'était dupe.

— J'en doute, soupirai-je. Pas avec un demi-litre de vin là-dedans.

— Je suis vraiment désolé, répéta Jake. Je me sens trop mal, Evie. Je promets de t'en racheter un nouveau si celui-là est mort.

Je fis volte-face et lui lançai un regard noir.

— *Si* celui-là est mort ? *Si* ? Bien sûr qu'il est mort, bordel ! Et c'était exactement ce que tu voulais !

— Quoi ? glapit-il. C'était pas du tout volontaire !

Oh, garde tes mensonges pour quelqu'un qui les gobera.

— Tu as lancé une vendetta contre moi depuis que tu es arrivé ! aboyai-je, incapable de contenir ma colère. À créer des tensions entre Ed et moi. Je t'ai entendu, le premier soir, descendre en flamme le café, et moi ! Et maintenant tu as détruit mon ordinateur et la seule chose sympa que je pouvais offrir au village. De toute façon, ça te fait une belle jambe ! Tu n'en as rien à battre de tout ça !

— Evie ! s'écria Amber, les yeux écarquillés.

— Attends, lança Ed alors que je partais en trombe.

Je n'attendis pas. Attendre quoi ? Que Jake nie en bloc et fasse mine de n'avoir aucune idée de ce à quoi je faisais allusion ? Qu'Ed me reproche à nouveau d'être méchante envers son frère chéri ? Non merci. Qu'ils aillent se faire voir. Tremblante de rage, je sortis de la cuisine, enfonçai les pieds dans mes bottes, et marchai à grands pas vers la plage. J'étais tellement en colère que j'avais envie de balancer une droite à la moue moqueuse de Jake. Arrrrgh ! Si seulement il n'avait jamais mis les pieds ici. Si seulement il pouvait déguerpir en Thaïlande !

Il faisait nuit et froid dehors ; j'entendais le grondement de la mer agitée et ses immenses vagues qui s'écrasaient sur le rivage. Bien. En phase avec mon humeur. *Je ne ferai pas demi-tour. Non, je ne rentrerai pas,* décidai-je en piétinant les galets. Pas tant que Jake n'aurait pas fait ses valises. Je le détestais !

J'entendis des pas derrière moi et je vis le faisceau d'une lampe torche balayer la plage dans la nuit. Probablement Ed, pour me dire que je me trompais tout du long sur le compte de son petit frère parfait. Mais je savais que j'avais raison. Si quelqu'un se leurrait, c'était Ed.

— Evie, attends ! fit une voix.

Super. Elle ressemblait plutôt à celle de Jake. La dernière chose dont j'avais envie, c'était d'une conversation avec lui.

Je poursuivis ma route, les bras serrés autour de mon buste, regrettant de ne pas avoir songé à prendre un manteau avant de partir. Le vent soufflait sur ma nuque découverte, faisant voleter mes cheveux. Tout ça à cause de Jake ! Si je devais mourir de froid ici, ce serait entièrement de sa faute. Le faisceau finit par tomber sur moi, et je sus qu'il m'avait repérée. Mince. Aussitôt, ses pas s'accélérèrent sur le sable, et je compris qu'il courait dans ma direction.

— Va-t'en ! hurlai-je. Je ne veux pas te parler.

— Evie, je suis désolé, cria-t-il. Attends, s'il te plaît.

Il était désolé ? J'étais censée croire ça ?

— Je t'ai dit DÉGAGE !

Trop tard. Il m'avait rattrapée. Mes poings se serrèrent alors qu'il arrivait à mon niveau.

— Je suis désolé, répéta-t-il. Pour l'ordinateur… et tout le reste.

— À d'autres.

Il soupira ; un drôle de bruit avalé par le vent. Le faisceau de la torche n'était pas puissant, et je ne voyais que sa silhouette. Je ne pouvais m'empêcher de me dire que cette situation était ridicule, nous deux, en pleine engueulade dans l'obscurité, sur la plage.

Tant pis, c'est lui qui a commencé, songeai-je avec humeur.

— Reviens au café, proposa-t-il. Laisse-moi t'expliquer.

— T'as qu'à le faire ici.

(Avais-je déjà mentionné que j'étais têtue comme une mule ?)

— Bon, d'accord, dit-il avec un soupir. Le truc, c'est qu'en ce moment… tout est un peu… flou. Pour moi. Je n'ai pas de taf, pas de maison ; je ne sais même pas ce que je veux faire.

Et en quoi c'est mon problème ?

— Je crois que j'étais simplement… jaloux. D'Ed. Il a toujours su retomber sur ses pattes et s'en sortir haut la main. Il transforme tout en succès.

Je pinçai les lèvres sans rien dire.

— Alors que moi, je suis le raté de la famille. Je n'ai jamais réussi à me débrouiller comme Ed. Pas de carrière. Pas de copine. Je n'ai rien foutu de ma vie.

J'étais encore en colère, mais ses mots trouvèrent un écho en moi.

— Et tu te sens bon à rien comparé à lui, comme si jamais tu ne pourrais arriver à son niveau, et du coup tu lui en veux, complétai-je.

— Oui, c'est à peu près ça.

Je lâchai un profond soupir.

— Jake… tu me crois si je te dis que je sais exactement ce que tu ressens ? J'ai les sœurs les plus parfaites au monde. Carrière. Maris. Enfants. Des cheveux magnifiques. De quoi me filer la nausée.

Je croisai les bras sur ma poitrine.

— Je comprends, tu sais. Mais ce n'est pas une raison pour t'en prendre à moi. Parce que, que ça te plaise ou non, je suis la seule qui comprenne d'où tu viens.

Je le vis baisser la tête, mais j'étais incapable de discerner les traits de son visage à la faible lueur de la torche.

— Désolé, dit-il doucement.

— Et toutes ces conneries avec Melissa, continuai-je, ne t'avise pas de te ranger de son côté. Elle a gâché la vie d'Ed. Ton frère, celui qui t'a défendu chaque fois que j'ai râlé à ton sujet ces derniers jours. Celui qui, d'ailleurs, me parle toujours de tes voyages au bout du monde avec admiration et envie.

Il se tut pendant un moment, et je craignis d'être allée trop loin.

— J'ai un peu… exagéré cette histoire avec Melissa, marmonna-t-il.

— Alors tu ne passes pas Noël avec elle ?

— Non.

Enfin une bonne nouvelle. Je me félicitai en silence de ne pas avoir répété ce mensonge à Ed.

— Je te jure que je n'ai pas fait exprès pour ton ordinateur. Vraiment.

— Je sais… c'était juste la goutte d'eau de trop.

Nous nous mîmes en route vers le café qui brillait dans la nuit, promesse de clarté et de chaleur.

— Écoute, je vais plier bagage demain, déclara-t-il d'un ton gêné. Ça fait trop longtemps que je squatte, je le sais.

— OK. Si c'est ce que tu veux. Qu'est-ce que tu comptes faire ?

— Je ne sais pas trop. Probablement aller chez mes parents, j'imagine. Chercher un boulot.

Il y avait une vulnérabilité nouvelle dans sa voix et, d'un coup, j'eus pitié de lui.

— Tu sais, il ne faut pas te comparer à Ed, dis-je précipitamment. Tu es différent, c'est tout. Comme je suis différente de mes sœurs. J'étais comme toi, j'allais d'un endroit à un autre sans vraiment me poser, jusqu'à cet été, quand j'ai hérité du café. Ce n'est que là que j'ai compris que c'était le bon endroit pour moi, le bon style de vie. Je parie qu'il y a quelque chose de parfait qui t'attend quelque part. Il suffit de chercher.

— Merci. Oui, je vais chercher.

Nous avions atteint les marches du café et il s'arrêta. Son visage éclairé par les lampadaires de la terrasse affichait une expression inquiète.

— Evie… tu m'en veux encore ? Est-ce qu'on pourrait… repartir de zéro ?

— Bien sûr qu'on peut, assurai-je en sentant mon cœur s'alléger. Je ne sais pas toi, mais moi, je meurs de faim. Allons voir si le bœuf bourguignon est prêt.

Le lendemain matin, une lumière étrangement vive perçait à travers les rideaux. En les écartant, je découvris une épaisse couche de neige scintillant sur la plage et recouvrant les dunes.

— Il neige ! m'écriai-je. Ed, debout !

Comme dans mes rêves, des flocons tombaient du ciel de plomb, parant le paysage de blanc. La plage était éblouissante, et même la mer semblait apaisée à marée basse.

— C'est magnifique, soufflai-je.

J'étais incapable de détacher mon regard des tourbillons hypnotiques de flocons. Puis je me souvins que Jake et Amber avaient tous les deux déclaré qu'ils repartiraient aujourd'hui. Ahh.

— Oh non, grogna Amber au petit déjeuner. Ça n'a pas l'air de vouloir se calmer de sitôt. Je me demande où en sont les trains. J'espère qu'ils roulent encore.

Elle attrapa son téléphone pour consulter son appli de voyage.

Dès qu'elle l'alluma, l'appareil se mit à vibrer sous les messages, puis à sonner. Elle lui lança un regard noir et appuya sur un bouton pour bloquer l'appel.

— C'est fou ce qu'il est persévérant, ce David, grommelai-je. Il faut le lui reconnaître. Tiens, prends plutôt mon téléphone.

Je n'utilisais pas souvent mon portable dans les Cornouailles – le réseau était un peu aléatoire, en fonction de la météo, et notre modem ramait, rendant le Wi-Fi imprévisible. Aujourd'hui, j'eus pourtant aussitôt accès à Internet, et j'entendis même les bips de quelques SMS arrivant… suivis par de nombreux autres. Et plus encore.

— Ouh là, mais qu'est-ce qui se passe ? demandai-je en cliquant sur mes messages.

Mes yeux s'écarquillèrent quand je vis les multiples émettrices : Maman, Louise, Ruth, Isabelle, Betty… BETTY ?

Ébahie, j'ouvris le SMS de cette dernière.

C'est toi qu'on voit à moitié nue dans le *Daily Star* ?

Je manquai de m'étouffer sur mon porridge.

— Qu'est-ce que c'est que cette histoire ? Comment ça, à moitié nue dans le *Daily Star* ? J'ai l'impression qu'elle a recommencé à forcer sur le vin de Xérès.

— Oh non, souffla Amber en lisant ses propres messages. J'y crois pas.

— Quoi ?

— Mon agent a fuité à un paparazzi de merde que j'étais ici, et maintenant…

Elle me tendit son téléphone.

— … eh bien, disons que tu es effectivement à moitié nue dans le *Daily Star*.

— Quoi ? braillai-je.

Mes yeux en sortirent presque de leur orbite devant le titre de l'article.

— LE TRIANGLE AMOUREUX LESBIEN D'AMBER, je lus, incrédule. Mais non !

Pas étonnant que j'aie reçu autant de messages. Car à l'écran était affiché une photo de moi en couleur, posant avec mon tablier et mon rouge à lèvres, tandis qu'Amber ajustait mon serre-tête de renne. On voyait même mes fesses. Mes fesses à l'air faisaient la page 7 du *Daily Star* ! Sous le choc, j'éclatai de rire.

— Ils pensent qu'on couche ensemble !

— Qui couche avec qui ? demanda Ed en entrant dans la cuisine.

À ce stade, j'étais au bord de l'hystérie. C'était le truc le plus drôle et bizarre que j'avais jamais vu.

— Amber et moi, bafouillai-je en lui montrant la photo. On est dans le *Daily Star*. Deux participantes d'un triangle amoureux lesbien. Je ne t'en ai jamais parlé ?

— Quoi… ? Quand est-ce que ça a été pris ? Qu'est-ce que tu faisais ?

Il me regarda, complètement perturbé.

Je riais trop pour lui répondre. Amber en pleurait.

— C'est énorme, gloussa-t-elle. Hilarant !

— « La très sexy Amber Fox semble s'être parfaitement remise de sa récente rupture avec David Maguire, je lus alors d'une voix saccadée. Nous l'avons retrouvée cachée dans les Cornouailles, en train de prendre des photos coquines avec sa mystérieuse amante. » J'hallucine !

— Je ne comprends toujours pas.

Le regard ébahi d'Ed allait d'Amber à moi.

Je ne pouvais rien lui expliquer sans trahir ma surprise de Noël, alors je me contentai d'un sourire énigmatique.

— Si je te le dis, je vais devoir t'éliminer.

Soudain, je me tournai vers Amber.

— Mais quel rat, ce photographe ! Il a dû fouiner dans tout le village pour te retrouver.

— Ensuite, il a dû espionner dans les parages et coller son nez à la fenêtre, compléta Amber en cessant aussitôt de rire. Quelle ordure ! Je suis désolée, Evie.

— T'en fais pas. Je suis désolée que tu aies ça à gérer alors que tu venais ici pour être tranquille.

— Pourquoi tout ce raffut ? demanda Jake en arrivant.

Ed lui adressa un regard perdu.

— Honnêtement ? Aucune idée.

Surprise surprise, les trains étaient tous à l'arrêt en raison des fortes chutes de neige, et d'après les histoires d'horreur qu'on entendait à la radio locale, les routes n'étaient pas plus praticables. Il semblait que nos invités allaient devoir prolonger leur séjour. Heureusement, depuis que Jake et moi avions discuté et décidé d'une trêve, cette nouvelle n'était pas aussi abominable qu'elle l'aurait été vingt-quatre heures plus tôt, me consolai-je.

Il n'y avait rien d'autre à faire que de rejoindre le reste du village dans une bataille de boules de neige géante sur la plage. Tous les enfants étaient de sortie, emmitouflés dans de grosses parkas, bonnets et écharpes, et criaient joyeusement en balançant des poignées de poudreuse. Il y avait Jamie, Martha, Seb, Carl, Saffron, Lindsay et ses enfants... C'était la meilleure des fêtes.

Tout au bout de la plage, un énorme bonhomme de neige était en élaboration, non loin des congères érigées par des papas pour se réfugier à l'abri des lanceurs de neige. Il y avait même quelques luges sur les dunes les plus abruptes. Les cris de joie résonnaient dans l'air glacial, ponctués par le bruit étouffé des boules de neige qui atteignaient leur cible.

Parmi tout ça, les questions des curieux fusaient : « C'était vraiment toi dans le *Daily Star*, ce matin ? On m'a dit que tu étais dans le *Daily Star*. C'était toi, dans le *Daily Star* ? »

— C'est une longue histoire, répondais-je chaque fois, mon sourire de plus en plus figé.

Combien de lecteurs du *Daily Star* y avait-il à Carrawen Bay ? J'avais l'impression que tout le village avait vu les photos.

À mon grand soulagement, tout le monde compatissait avec la détresse d'Amber (« Je sentais bien que ce David Maguire était un sale type, lui dit Mags, les yeux brillants. Rien qu'à voir ses cheveux ») et riait de cette histoire avec nous. Cela dit, je regrettais amèrement notre séance photo. *Plus jamais,* me promis-je, *quels que soient les arguments d'Amber.*

Un peu plus tard, le calme se répandit d'un coup sur la plage. Je courais après Ed quand je remarquai le changement brutal d'atmosphère. Les gens avaient cessé de s'envoyer des boules de neige et pointaient du doigt un inconnu portant des chaussures de ville, qui descendait le sentier débouchant à notre niveau.

Un inconnu chargé, qui plus est, de matériel de photographie. Ah ah ! Grillé.

— Je te parie que c'est lui, le journaliste, dis-je à Amber en lui filant un coup de coude. Regarde !

— Sûrement, renchérit Ed. Je ne l'ai jamais vu dans le coin.

Amber pinça les lèvres.

— Il n'en a pas eu assez, apparemment. Quel pervers.

Sans rien dire, Jake forma une énorme boule de neige dans ses mains, et l'envoya bien haut pour lui faire décrire un immense arc de cercle… et s'éclater aux pieds de l'inconnu.

— Bien joué ! s'exclamèrent quelques personnes.

Il y eut même des applaudissements.

Le photographe, concentré sur le sentier glissant qui menait à la plage, leva les yeux, surpris par le projectile. Son visage prit la teinte livide de la neige quand il remarqua que tout le monde le regardait avec un air accusateur. D'un coup, comme suivant un ordre silencieux, les habitants entreprirent de faire des boules de neige pour les lui lancer.

— Allez-vous-en ! cria Lindsay d'une voix aiguë en le touchant habilement à l'épaule. Et ne remettez plus jamais les pieds dans mon pub !

— Fichez le camp ! brailla Betty en l'atteignant au torse. Nous ne voulons pas de vos histoires au village ! Dégagez !

En quelques secondes, c'était devenu la fête au paparazzi. Il se retrouva bombardé de boules de neige et d'insultes portées par l'air glacial.

— Ordure de tabloïd !

— Retourne dans ton caniveau !

— Laisse les filles tranquilles !

Paf ! Paf ! Paf !

Se sachant vaincu, le photographe fit demi-tour et remonta en courant le sentier dans ses chaussures cirées, sans un regard en arrière. J'eus presque pitié de lui, surtout quand il dérapa pour s'étaler sur une congère sous les moqueries et sifflements de la foule.

Amber avait les yeux brillants et ses joues pâles des derniers jours avaient retrouvé de la couleur.

— C'est ce que j'appelle une gestion exemplaire des paparazzis, commenta-t-elle. Génial !

— Et tu as entendu ça ? « Laisse les filles tranquilles » ? dis-je en glissant mon bras sous le sien. Ça fait chaud au cœur.

Lindsay s'avança dans ses bottes en caoutchouc à motif léopard et me serra contre elle, puis fit de même avec Amber.

— S'il revient dans le coin, on le fera déguerpir, nous assura-t-elle. Et tous les autres petits merdeux qui oseront mettre les pieds à Carrawen.

— Merci, répondit Amber. Merci beaucoup. Au moins, maintenant je sais où envoyer le prochain type qui me fait un sale coup.

— Absolument, approuvai-je.

7

ÉPUISÉS PAR LES BATAILLES DE BOULES DE NEIGE, les mains et pieds gelés, Ed, Amber, Jake et moi nous réfugiâmes au café, montant le chauffage à fond. Une fois débarrassés de nos vêtements trempés, étendus devant les radiateurs, Ed se mit au travail pour mitonner une soupe aux légumes pimentés pendant que je préparais de généreux mugs de chocolat chaud parsemés de mini-guimauves et de copeaux de chocolat.

Après le déjeuner, je faisais la vaisselle quand je vis par la fenêtre une Golf grise sillonner la route enneigée qui reliait le village au café. Craignant qu'il ne s'agisse d'un autre paparazzi, j'essuyai la buée sur la vitre pour mieux voir… pile au moment où le conducteur perdait le contrôle du véhicule qui dérapa maladroitement pour atterrir dans la cour. La Golf évita ma Panda de justesse, mais s'écrasa contre le muret en brique de l'enclos à poubelles.

— Oh merde. Quelqu'un vient de défoncer le...

Je m'interrompis, reconnaissant la voiture. Et ses passagers.

— Impossible..., murmurai-je. Je perds forcément la boule.

— Qu'est-ce qui se passe ? C'était quoi ce bruit ? demanda Amber en s'approchant.

Puis elle laissa échapper un petit cri.

— Ce ne serait pas tes parents ?

— On dirait que si, confirmai-je sans les quitter des yeux.

Que faisaient-ils là ?

— Je ne savais pas qu'ils venaient pour les fêtes, dit Amber, confuse.

— Moi non plus. Je n'ai aucune idée de ce qui leur prend. J'ai eu maman au téléphone hier et elle ne m'en a pas parlé. Quelle mouche les a piqués pour qu'ils décident de braver le brouillard et la neige depuis Oxford, juste avant Noël ? À moins d'une urgence, je ne...

Oh non. Maintenant je paniquais.

J'enfilai à nouveau mes bottes trempées et glacées – beurk – et mon manteau, me remémorant vaguement les messages reçus plus tôt : Maman, Louise, Ruth. J'étais si pressée de jouer dans la neige que j'avais oublié de les lire. Peut-être qu'ils ne concernaient pas tous mes fesses à l'air dans les journaux.

J'ouvris précipitamment la porte de service et dévalai les marches qui donnaient sur la cour.

— Coucou ! lançai-je avec appréhension.

Déjà sorti de la voiture, mon père inspectait son capot cabossé pendant que ma mère ouvrait la portière côté passager, Monty gémissant dans ses bras.

— Tout va bien ? Je ne m'attendais pas à vous voir.

Ma mère me fit des grands signes, rayonnante.

— Surprise ! s'exclama-t-elle joyeusement.

Pour une surprise…

— Vous êtes… Que… ? Je ne comprends pas.

Mon père me prit dans ses bras.

— Bonjour, ma puce. Tu y crois, toi ? Aucun problème sur tout le trajet, et il faut qu'on ait un accident dans les dix derniers mètres. Un grand classique, cela dit. Enfin bon, n'y pensons plus. On est arrivés.

— Oui, confirmai-je, toujours perplexe. Vous êtes arrivés.

— J'espère que tu ne nous en voudras pas, reprit ma mère. Mais tu avais l'air si déprimée hier soir au téléphone. Je ne supportais pas l'idée de te savoir seule pour Noël sans la famille, alors on s'est décidés au dernier moment. Je me suis dit, je ne vais pas la prévenir, sinon elle va se mettre dans tous ses états à cause des courses ou je ne sais quoi – du coup, on a tout apporté. Les draps, les oreillers, le *Christmas pudding*, une dinde, ah et un *trifle*, même si la crème pâtissière doit être renversée partout dans le coffre après cette petite collision. Pourtant j'ai bien dit à ton père de ralentir au tournant, mais penses-tu qu'il m'aurait écoutée ?

Moi non plus, je ne l'écoutais pas. Mon cerveau n'en était plus capable. Oui, d'accord, j'avais peut-être eu l'air un peu lasse la veille quand elle m'avait rappelée, mais c'était uniquement parce que j'étais épuisée après l'incident de l'ordinateur et la discussion avec Jake qui s'était ensuivie, pas parce que je voulais que mes parents débarquent. Hé oh ! Aux dernières nouvelles, je voulais moins de monde à l'appartement, pas plus !

— Mais je t'ai quand même envoyé un message ! ajouta-t-elle comme si ça justifiait tout. Et Louise m'a dit qu'elle le ferait aussi.

Inutile de lui expliquer que je n'avais pas consulté mes SMS après la révélation de celui de Betty. Moins elle en savait au sujet de ma petite apparition dans la presse à scandale, mieux je me portais.

— Alors vous comptez rester jusqu'à…, balbutiai-je.

Elle planta un baiser parfumé sur ma joue.

— Eh bien, le 26, probablement. J'ai dit à Ruth qu'on ferait les cadeaux avec eux et Louise ce soir-là. Comme ça j'aurais vu toutes mes filles – c'est parfait !

— Ah. Hum… bon, dans ce cas, entrez. Je vais porter ça pour toi.

Ed, Amber et Jake regardaient tous par la porte de service entrouverte, aussi perplexes que moi.

— Bonjour, lança Ed. Quelle agréable surprise ! J'enfile mes bottes et je viens vous donner un coup de main.

— Je vais faire chauffer de l'eau, proposa Amber.

— Tu as lu dans mes pensées, ma grande, dit mon père en lui adressant des pouces en l'air.

— Je n'arrive pas à croire que vous avez fait tout le chemin jusqu'ici, déclarai-je en suivant ma mère devant le coffre. D'après la radio, les routes sont impraticables.

Ma mère posa Monty par terre pour qu'il puisse uriner dans la neige.

— Tout allait bien jusqu'à Wadebridge, expliqua-t-elle avec insouciance. Ils font tout un foin pour pas grand-chose, si tu veux mon avis. La route était légèrement plus dangereuse, mais ton père y est allé lentement. Et nous voilà !

Et les voilà. Adieu, mes derniers espoirs de passer un Noël romantique et tranquille. Depuis que j'avais cassé mon angelot en verre au début du mois, tout allait de travers.

— Super, grommelai-je en tentant de feindre l'enthousiasme.

— Tenez, dit ma mère en nous passant un nombre incroyable de valises et de cartons. Oh, c'est si bon de revenir ici. Et Noël sous la neige ! Que demande le peuple ?

D'épais flocons tombaient encore abondamment, mais au moins, nous ne risquions pas de mourir de faim. Pas avec l'énorme *Christmas pudding* qu'avait apporté ma mère, la bûche à la ganache chocolat dont Louise l'avait chargée, la dinde, le sac de pommes de terre King Edward, la gelée de cranberry, et la boîte en fer remplie de la spécialité de maman : des sablés *shortbread* saupoudrés de sucre. (Les étages de crème du *trifle* n'avaient malheureusement pas survécu au voyage, comme prédit.)

— Oh, c'est si joli ici, s'extasia-t-elle en portant un carton de cadeaux au salon pour les disposer sous le sapin. Puis elle remarqua le sac de couchage de Jake sur le canapé et le contenu de son sac à dos éparpillé dans un rayon de deux mètres.

— Ahhh. Ils dorment ici aussi, alors ?

— Oui. Au moins tant qu'il y aura de la neige. On ne sait pas exactement jusqu'à quand.

Elle afficha une mine dépitée.

— Je n'ai pas pensé à te poser la question. J'imaginais que tu serais toute seule.

— Moi aussi. Les invités surprise s'accumulent ces derniers temps.

— Tu as quand même un petit peu de place pour nous ? Je suis désolée. Si j'avais su que tu avais déjà des invités, nous ne serions pas venus. Je me disais juste…

— Ne t'en fais pas. Papa et toi pouvez prendre la chambre d'amis. Jake dort sur le canapé, et je suis sûre qu'on peut emprunter un lit d'appoint pour Amber.

— Oh non. Oh, Evie. Je pensais vraiment que c'était une bonne idée, mais je me rends compte que je te complique la vie.

Elle se mordit la lèvre.

— Désolée, ma chérie. L'idée était d'arriver et de m'occuper de tout, pas de t'ajouter du travail.

— C'est pas grave, dis-je d'une voix pas très convaincante.

Elle s'agenouilla devant le carton et soupira.

— Pour être honnête, je suis aussi un peu venue pour moi, admit-elle en triturant le ruban argenté sur un cadeau. Le premier Noël sans Jo… Je pensais qu'ici, je me sentirais plus proche d'elle.

Elle tendit le bras pour presser ma main.

— Désolée, ça me perturbe depuis des semaines, et elle me manque plus que d'habitude. Elle aimait tant Noël que je pense beaucoup à elle ces derniers temps. Mais j'aurais dû d'abord t'en parler, au lieu de débarquer comme ça.

Je la serrai dans mes bras, et d'un coup tout mon agacement s'évapora. Moi aussi, j'avais beaucoup pensé à Jo. Évidemment que Maman voulait passer

Noël ici. La seule vraie surprise, c'était qu'elle ne soit pas venue plus tôt.

— Je suis contente que vous soyez là. On pourra lui rendre un hommage en trinquant le jour de Noël, d'accord ?

Ses yeux étaient humides quand je desserrai mon étreinte.

— Oui. Ça fait déjà tellement de bien d'être ici, tu sais, avec toutes les décorations dans le café.

Elle plissa les yeux et s'approcha du sapin.

— C'est bizarre, je ne vois pas ton angelot. Tu lui as trouvé une place spéciale ?

— Ah. À ce propos, j'ai une mauvaise nouvelle…

— J'espère que ça ne t'embête pas trop, dis-je à voix basse à Ed.

Nous étions au lit ce soir-là. Nichée dans ses bras, j'avais calé ma tête sur son torse.

— Mes parents qui débarquent sans prévenir, précisai-je. Je suis désolée. C'est pas vraiment comme ça que j'avais imaginé Noël cette année.

— Moi non plus, reconnut-il en bâillant. Maintenant, il ne manque plus que les miens et tes sœurs, et on aura un bingo.

J'en avais des frissons.

— Ne parle pas de malheur. Si elles débarquent, je file en douce.

— Bonne idée. Je viens avec toi.

J'écoutais le battement régulier de son cœur.

— J'espère que Jake et Amber ne sont pas trop mal installés dans le salon, chuchotai-je.

J'avais emprunté un lit de camp à Lindsay. Quand je lui avais expliqué la situation, elle avait aussitôt proposé sa chambre d'amis, mais Amber et Jake lui avaient assuré qu'ils n'avaient aucun problème à partager le salon.

— Ils s'entendent plutôt bien, non ? Ils ont disparu tous les deux pendant des plombes cet après-midi. Je commence à croire qu'on va devoir suspendre du gui.

— Mais non. Jake n'est pas prêt pour une relation en ce moment. Il fait un peu n'importe quoi, si tu veux mon avis. Cela dit, discuter avec toi lui a fait du bien.

Il caressa mes cheveux.

— Je suis content que vous ayez mis les choses au clair.

— Moi aussi.

C'était l'euphémisme de l'année.

— Il a proposé de m'aider avec la paperasse du divorce. Il a fait du droit à la fac. Non pas que ça lui ait servi depuis, mais il en sait probablement plus long que moi sur les procédures.

Je ressentis une bouffée de satisfaction à l'idée que Jake contribue enfin activement à sa relation avec Ed, plutôt que de le regarder prendre les choses en main avec jalousie.

— C'est cool. Peut-être qu'il donne des conseils à Amber sur le moyen de coller un procès aux fesses de cet abruti de Maguire, alors. Parce que je te jure qu'ils complotent, même s'ils n'en sont pas au point de se rouler des pelles sous le gui. Tu n'as pas remarqué qu'ils n'arrêtaient pas de disparaître et d'échanger des messes basses aujourd'hui ? Et en plus il y a eu la longue promenade cet après-midi. Ils préparent un truc, j'en suis sûre.

La neige cessa enfin de tomber à la veille de Noël, mais le trafic ferroviaire restait fortement perturbé, et les routes plus encore.

— Je suis désolée, ma vieille, me dit Amber en consultant les infos au petit déjeuner. J'ai l'impression que tu es coincée avec nous jusqu'au 26.

Je souris. J'avais depuis longtemps renoncé à mon « Noël parfait ». Il n'existait que dans les magazines, de toute façon. Au moins, nous étions en bonne compagnie, et nous avions des tonnes de délicieuses victuailles. De quoi passer une excellente journée.

— T'en fais pas. Ça me fait plaisir que vous restiez… tant que tu me promets d'être dans mon équipe pour les jeux de société demain.

Navré de gâcher notre réveillon en amoureux, Jake proposa de cuisiner un plat thaï pour ce soir-là.

— C'est le moins que je puisse faire, dit-il, encore honteux de son comportement des premiers jours. Amber et moi, on va faire le plein d'alcool, aussi. Pour qu'on ne manque de rien.

— Merci, Jake. Ça me va.

Et puis, une fois la neige fondue, Ed et moi aurions tout le temps du monde pour rester dans notre bulle romantique. Ça pouvait attendre.

À cet instant, la sonnette retentit. Oh non. Qui d'autre ? À force, je commençais à associer ce bruit aux visiteurs impromptus. Cette fois, je croisais les doigts pour qu'il ne s'agisse pas de Ruth. Heureusement, c'était le facteur, qui avait vaillamment bravé la neige pour sa dernière tournée avant Noël – une nouvelle pile immense de cartes de vœux, et un colis plat et rectangulaire qui correspondait au format du calendrier.

Je faillis lui sauter au cou de soulagement, mais me retins et lui proposai plutôt une *mince pie* de la fournée généreuse qui venait de cuire.

— Merci, et joyeux Noël ! lançai-je en refermant la porte.

Puis je me précipitai à l'étage et m'enfermai dans la salle de bains pour ouvrir le carton en cachette. L'intimité se faisait rare, avec tous ces invités.

C'était bel et bien le calendrier, dont je tournai les pages avidement, un large sourire aux lèvres. L'imprimeur avait fait du très bon boulot – les couleurs étaient vives et intenses, le papier glacé épais et brillant, et chaque page apportait un merveilleux souvenir. Même celle de Miss décembre, à la toute fin, rendait très bien – un million de fois mieux que les clichés flous du *Daily Star*. Oui, pensai-je avec soulagement, Noël pouvait officiellement commencer.

Cet après-midi-là avait lieu le feu de joie sur la plage. Dans le pur respect des stéréotypes, Ed, Jake et mon père aidèrent à mettre en place le bûcher, pendant qu'Amber, ma mère et moi traînions sur le sable des tables pliantes croulant sous les plateaux de *mince pies* et les litres de vin chaud.

— Tu penses qu'on a vraiment besoin d'en sortir autant ? demanda Amber, surprise devant les quantités gargantuesques de victuailles.

— Oh oui.

C'était comme si la météo avait compris que quelque chose d'important se préparait. Le vent tomba alors que les flammes léchaient les bûches, et le soleil émergea enfin derrière les nuages pour la première fois depuis des jours. Puis la foule afflua : des centaines d'habitants, des enfants, des chiens qui faisaient la course pendant que les adultes, en petits groupes, échangeaient des cadeaux et trinquaient dans le brouhaha des rires et des conversations. Toutes les *mince pies* furent englouties en vingt minutes.

Vers quinze heures, Lindsay fit sonner une cloche en cuivre, et nous nous rassemblâmes autour du feu pour chanter des hymnes de Noël. Toutes ces voix à l'unisson, toutes ces mines ravies et pompettes me procuraient des frissons de bonheur. Ed traversa la foule pour me retrouver et me tenir la main.

— J'adore ce village, dis-je en serrant ses doigts entre les miens. Je suis tellement heureuse d'être là.

— Idem. Les amis, la famille, la plage, un super feu de joie… et toi.

Tout le monde était là : Annie, Martha et Jamie ; Betty et Alec avec leur fille (le portrait craché d'Alec) et une flopée de petits enfants blonds ; Mags, Elizabeth, Nora, Jacqui, Florence… Oh. Qu'est-ce qui n'allait pas avec Florence ? Son visage habituellement si souriant semblait angoissé et mélancolique. Seule, les mains jointes, elle contemplait la mer.

Je me précipitai vers elle.

— Florence ! Est-ce que ça va ? Joyeux Noël à vous !

Ses yeux bleus étaient voilés et son regard absent.

— Bonjour, ma grande. À toi aussi.

— Qu'est-ce qu'il y a ? demandai-je en posant la main sur son bras. Vous n'avez pas l'air aussi enjouée que d'habitude. Tout va bien ?

Elle évita mon regard, la mine peinée.

— Oui, oui. C'est juste… mon premier Noël sans Arthur. C'est plus difficile que je l'imaginais.

Bien sûr. Son mari bien-aimé était mort peu de temps après leur emménagement dans les Cornouilles, la laissant seule et endeuillée. Rien d'étonnant à sa mélancolie.

— Je suis désolée, murmurai-je en passant un bras autour de ses épaules.

Elle était menue comme un oiseau, même sous son manteau.

— Mais Francis n'est pas avec vous ? demandai-je. Je croyais que sa femme et lui devaient passer la semaine ici.

— C'était ce qui était prévu, mais avec cette saleté de neige, tous les vols ont été reportés. J'ignore quand il arrivera.

Pauvre Florence. Son fils, Francis, était la prunelle de ses yeux. Célèbre producteur de télé aux États-Unis, il rentrait rarement en Angleterre, et je savais combien elle attendait ses visites avec impatience.

— Vous voulez passer Noël avec nous ? On a des quantités astronomiques de nourriture, et ça nous ferait plaisir de vous recevoir.

La proposition m'avait échappé spontanément. Qu'aurais-je pu dire d'autre ?

— Tu es sûre ? demanda-t-elle timidement. Je ne voudrais pas m'imposer…

— Mais pas du tout. Je préfère vous avoir avec nous plutôt que vous savoir toute seule.

— Dans ce cas j'en serais ravie. Merci, Evie. Oh, et j'attends ton livre de recettes avec impatience. Est-ce que je recevrai mon exemplaire demain ?

Mon sourire s'effaça.

— Ah. Au sujet du livre. Il y a eu un léger contretemps…

C'était le seul nuage dans mon après-midi : devoir annoncer à Florence, ainsi qu'à tous ceux qui me posaient la même question, que j'avais échoué sur ce front et que je n'avais pas d'ouvrage magnifiquement emballé à leur distribuer. Florence ne m'en tint pas rigueur et m'assura que ça n'avait aucune importance (« Tout le monde préfère les cadeaux en retard. Il n'y a rien de mieux pour égayer une triste journée de janvier »), mais j'avais tout de même l'impression de les décevoir.

Comme bonne résolution pour la nouvelle année, j'allais peut-être apprendre à ne pas avoir les yeux plus gros que le ventre, songeai-je.

Comme si c'était possible.

8

NOËL ARRIVA ENFIN. Comme tous les ans, je me réveillai aux aurores avec la conscience immédiate de la date. Dans ma tête résonnait un cri euphorique – *C'est Noeeeeeeël !* – tant j'étais possédée par l'esprit de Michael Bublé. Je souriais, trépidante, enivrée par la douce joie des fêtes dans l'obscurité de la chambre. Après des semaines pour le moins éprouvantes, ce jour spécial était enfin arrivé. On y était.

Je restais au lit, songeant à tous les matins de Noël dans cet appartement, et une foule de souvenirs d'enfance me revinrent. La chambre d'amis que nous partagions, Ruth, Louise et moi, et nos chuchotements enthousiastes dans le noir. Les « empreintes » des rennes du Père Noël que nous découvrions sur le sable, les yeux écarquillés. L'éternelle balade digestive, qu'il vente, qu'il pleuve ou qu'il neige, le long de la mer, pour « se dérouiller » comme disait Jo.

Les grandes chaussettes en feutrine rouge qu'elle nous avait cousues et qui se remplissaient de babioles durant la nuit...

D'ailleurs, en parlant de chaussettes...

Je bougeai délicatement mon pied et sentis un poids inhabituel au bout du lit. L'instant d'après, je pouvais presque entendre dans ma tête des cris de joie de l'époque où je croyais encore à la magie. *Il est passé ! Le Père Noël est PASSÉ !*

Je souris en regardant Ed, qui dormait encore. À l'âge adulte, Noël nous apprenait à savourer la magie du moment présent. J'étais heureuse d'aimer et de partager ma vie avec un homme qui, comme moi, avait gardé son cœur d'enfant. La veille, j'avais préparé ma plus grosse chaussette douillette en mailles torsadées et je l'avais glissée sous le lit. Très lentement, pour ne pas le réveiller, je roulai au bord du matelas et plongeai la main, tâtonnant au sol pour la trouver. Puis, avec d'infinies précautions, je plaçai la chaussette fourrée de petits cadeaux au bout du lit, à côté de la bosse de ses pieds.

J'étais en train de me féliciter de ma discrétion et d'envisager une reconversion en tant que voleuse de bijoux professionnelle quand je remarquai que ses yeux étaient désormais grand ouverts, et qu'il avait été témoin de toute l'opération. Ah. D'accord. Peut-être qu'il valait mieux que je m'en tienne à la gestion d'un café.

— Joyeux Noël, beauté, dit-il d'une voix rauque en m'attirant pour un long et doux baiser.

Pendant quelques instants délicieux, j'oubliai tout des contrariétés récentes – mes parents, Jake, Melissa, mes fesses à l'air dans la presse nationale, tout – et je me perdis dans son étreinte. Un vrai baiser de Noël. Je préférais ça.

— Devine quoi, murmura-t-il en glissant sa main sous mon haut de pyjama d'une manière qui me fit frissonner. Je viens de penser à une nouvelle tradition.

Plus tard, bien au chaud sous la couette, nous déballâmes nos chaussettes respectives : des truffes au chocolat, un savon, des boucles d'oreilles en forme d'étoiles argent, une culotte en dentelle (tout ça pour moi, au cas où vous n'auriez pas deviné), plus une mandarine, une pomme, et un filet de pièces en chocolat. C'était parfait.

C'est alors que le téléphone se mit à sonner.

Annie fut la première à appeler. Sa chaudière était tombée en panne, et elle se retrouvait privée de chauffage, d'eau chaude et de moyen de cuire sa dinde. Est-ce que Martha et elle pouvaient se joindre à nous pour le déjeuner ?

— Avec plaisir, répondis-je, inspirée par la générosité de l'esprit de Noël. Deux de plus ou de moins, ça ne fera pas de différence. Venez quand vous voulez.

Puis ce fut Ruth, qui appela pour nous souhaiter un joyeux Noël et demanda à parler à maman, car elle aurait aimé finaliser les détails de leur arrivée chez elle le 26.

Ensuite les parents d'Ed passèrent un coup de fil, suivis de Louise.

— Débranche ce fichu téléphone, finit par dire Amber. On a quelque chose pour toi, Evie.

D'un coup, tout le monde se retrouva dans la cuisine – Ed, mes parents, Amber et Jake – avec un sourire complice. Ed me tendit un paquet emballé dans du papier bleu et argent.

— C'est de la part de nous tous.

Je leur adressai un regard surpris. Eux tous ? Hein ? Quand avaient-ils fait ça ?

— Allez, ouvre ! m'encouragea Amber en riant.

Intriguée, je déchirai le papier pour découvrir… oh. Mon ordinateur portable. Mon ordinateur ?

— Allume-le, insista Ed.

J'obtempérai et la machine revint à la vie avec sa mélodie familière.

— Vous l'avez réparé ! m'écriai-je. Oh, merci, les amis.

— Bon, pour être honnête, on ne s'est pas occupé de cette partie, précisa Ed. C'est Seb qui a fait ça pour toi.

Ce brave Seb ! C'était le petit génie du coin, un ado qui avait été l'assistant le plus maladroit du monde quand il avait travaillé au café.

— Et vous avez pu récupérer les recettes ? demandai-je, le souffle court. Il a réussi à retrouver le fichier ?

— Regarde, au lieu de poser des questions, dit ma mère avec un sourire.

Qu'avaient-ils fabriqué ? Je cliquai pour ouvrir le document, les doigts fébriles. Puis je poussai un cri alors qu'apparaissait une photo qui n'y figurait pas avant. Une photo du Café de la Plage que j'avais prise dans l'été, décorée des mots « Les Recettes du Café de la Plage ». C'était la couverture de mon livre.

— Mais qui… quand… ?

— Continue, m'intima Jake.

Je fis défiler le curseur et un sommaire m'arracha un cri de joie. Mes neuf recettes n'étaient plus seules.

Quelqu'un y avait ajouté des nouvelles – une tonne de nouvelles.

Bûche au chocolat indécente
Le meilleur Christmas pudding
Bœuf bourguignon
Pad thaï
Le cocktail de Noël d'Amber
Muffins pomme-cannelle
Cupcakes façon Christmas pudding
Les célèbres millionaire's shortbreads d'Annie…

Des larmes me picotaient les yeux, et la page devint floue. Je n'en revenais pas. Je n'arrivais pas à croire qu'ils avaient réussi à faire tout ça. En faisant défiler les pages, je vis qu'ils avaient pris des photos des plats quand c'était possible et que les recettes – de Jake, de maman, Louise, et de tant de monde – avaient été parfaitement rédigées.

— C'est le plus beau cadeau du monde, articulai-je.

J'étais sous le choc de découvrir les efforts qu'ils avaient dû déployer pour se coordonner. Ça expliquait toutes les messes basses et les disparitions mystérieuses de ces derniers temps.

— On s'est dit que tu pourrais l'envoyer par mail à tout le monde ce matin, expliqua Ed. Florence a récolté beaucoup d'adresses au feu de joie hier, elle apportera la liste ce midi. La recette des muffins pomme-cannelle est la sienne, d'ailleurs.

— Et vous étiez tous de mèche, m'émerveillai-je. Je ne me suis douté de rien ! Merci.

Je les serrai dans mes bras, l'un après l'autre.

— Je culpabilisais tellement de l'avoir cassé…, dit Jake. Je suis vraiment soulagé qu'on ait pu réparer ça.

— Tu plaisantes ? C'est mille fois mieux que le livre de recettes d'origine. Vous êtes géniaux. Les meilleurs. Merci !

— Pour fêter ça, intervint mon père en jetant un coup d'œil à l'horloge au mur, est-ce qu'il est trop tôt pour du champagne, vous croyez ?

Autant vous dire qu'il n'y avait qu'une réponse possible à cette question.

Le repas de Noël fut à des années-lumière du déjeuner romantique en tête à tête que j'avais imaginé à l'origine. Pas de baisers passionnés, de doigts entrelacés, ni de doux regards languissants au son d'une chorale de Noël. Au lieu de ça, les tubes de Noël passaient à fond pour rythmer le tourbillon d'activité qui secouait la cuisine où trois dindes étaient en train de cuire et où l'on rôtissait plus de patates qu'il n'en fallait pour couler un navire. Mon père montrait à Amber la chorégraphie de « Rocking Around the Christmas Tree », Monty aboyait comme un fou et courait dans tous les sens. L'arrivée d'Annie, Martha et Florence fut saluée par une nouvelle tournée de champagne, et le volume des conversations augmenta encore d'un cran. En bref, c'était un joyeux bazar. Mais vous savez quoi ? C'était merveilleux.

Quand vint le moment de servir à manger, il fallut accoler deux longues tables au centre du café, pour déployer la belle nappe vert sapin qu'Annie avait apportée et allumer les bougeoirs en argent prêtés par Florence. Chacun tira sur les papillotes des traditionnels crackers, et dans un bruit de pétard récupéra sa couronne en papier de soie et des blagues nulles mais hilarantes sur un petit morceau de papier.

Une fois que tout le monde se retrouva avec une assiette pleine de bonnes choses et une flûte pleine de bulles, ma mère se leva, le rose aux joues.

— J'aimerais juste dire quelques mots avant de commencer.

— C'est parti…, murmura mon père en m'adressant une grimace à l'autre bout de la table.

— Avant d'entamer cet incroyable festin – merci Ed, Amber, Annie et tout le monde, ça a l'air succulent –, je voudrais porter un toast à ma sœur, Jo. J'aurais tant aimé qu'elle soit parmi nous en cet instant.

Sa voix trembla et je sentis ma gorge se nouer. *Oh, moi aussi, Maman.*

— Cependant, continua ma mère en se ressaisissant, je trouve du réconfort dans l'idée qu'elle serait heureuse et fière de nous voir réunis aujourd'hui, et de savoir que le café est entre de si bonnes mains avec Evie et Ed.

Une larme roula sur sa joue, et elle l'essuya avec impatience pour m'adresser un sourire ému.

— Je ne vois pas de meilleur hommage possible. À Jo !

— À Jo, nous répondîmes en chœur.

Au milieu du tintement des verres, un picotement me parcourut. Il m'avait fallu un moment pour le comprendre, mais je saisissais enfin ce que représentait vraiment Noël au Café de la Plage : la communauté, l'amitié et la famille. Être ensemble pour rire, rendre hommage à Jo, et ramener son souvenir à la vie.

— Vous pouvez attaquer ! ordonnai-je pour lancer le festin.

Plus tard, alors que ma mère chapeautait une équipe de plonge et que mon père préparait une dizaine de thés et de cafés, je filai en douce à la plage avec Ed, pour échanger nos cadeaux. C'était une belle journée, et la neige avait presque totalement disparu du sable. Nous trouvâmes une place au sec sur un rocher pour savourer notre isolement.

Je ne pouvais pas attendre une seconde de plus.

— Joyeux Noël ! m'écriai-je en lui tendant le calendrier emballé.

Mon cœur battait la chamade alors qu'il déchirait le papier, et soudain je ressentis une bouffée de panique. Et s'il n'aimait pas les cadeaux faits maison ? En réalité, je n'avais aucune raison de m'inquiéter tant il s'extasia sur chaque photo du calendrier. Il s'attarda longuement dans sa contemplation, ravivant les souvenirs de l'époque où elles avaient été prises. Puis il atteignit le mois de décembre… et éclata de rire.

— Tu as peut-être déjà vu celle-là, dis-je timidement, dans un scandaleux shooting photo lesbien en page 7 du *Daily Star* ?

— Je savais qu'elle me disait quelque chose. Elle est géniale. J'adore. Surtout maintenant que je comprends ce que tu traficotais ce jour-là.

Il éclata de rire et me prit dans ses bras.

— Génial, répéta-t-il.

— Je me disais que ça t'évoquerait peut-être…

— Oh oui. Je m'en souviens comme si c'était hier.

Quand il m'embrassa, son rire vibrait encore au fond de sa gorge.

— Merci, Evie, c'est un super cadeau. Il est parfait. Et maintenant…

Il fouilla dans la poche de son manteau.

— … le tien.

Il sortit une enveloppe mais ne me la donna pas immédiatement.

— Il faut que je te prévienne : j'ai une bonne et une mauvaise nouvelle au sujet de ce cadeau. La mauvaise, c'est que j'ai vraiment tout essayé pour mettre la main sur un angelot en verre comme celui de Jo. J'ai passé des heures sur eBay et toutes sortes de sites de vente d'occasion pour chercher une réplique parfaite. Chou blanc.

— Oh, Ed… Merci d'avoir essayé.

J'étais touchée qu'il se soit donné autant de peine.

— Chou blanc en Angleterre, précisa-t-il. Mais la bonne nouvelle, c'est que j'ai trouvé une antiquaire qui…

Il me tendit l'enveloppe.

— … bref, ouvre et tu verras.

Je décachetai l'enveloppe… pour découvrir la photographie en couleurs de deux angelots quasiment identiques à ceux de Jo.

— Tu les as trouvés ! m'écriai-je avec ravissement.

Puis je remarquai qu'il y avait autre chose dans l'enveloppe. Des billets d'avion pour Marseille ?!

— Voilà, c'est le hic, expliqua-t-il avec un sourire. L'antiquaire est en Provence. Elle dit que les angelots sont trop fragiles pour être envoyés par la poste, mais qu'elle peut nous les réserver pendant quelques semaines si on veut venir les chercher en personne. Elle s'excuse aussi de t'avoir raccroché au nez plusieurs fois quand tu as répondu au téléphone du café. Je lui avais demandé de ne pas t'en parler, et elle a pris ça un peu trop littéralement. J'aurais dû lui donner mon numéro de portable dès le départ.

J'étais en train de digérer toutes ces informations. Alors, comme ça, les appels mystérieux ne venaient pas de Melissa. Et… une minute. Est-ce que j'avais bien entendu ?

— Si on veut… On part en Provence ? m'écriai-je.

— Oui, confirma-t-il. Cinq jours, pour le Nouvel An. Avec toute l'agitation de ces dernières semaines, je me disais qu'on pourrait passer le Nouvel An ensemble, rien que nous deux, faire une pause, visiter le sud de la France… et récupérer une paire d'angelots qui seront prêts pour le sapin l'an prochain. Qu'est-ce que tu en dis ?

— J'en dis…

Je m'interrompis, car mon souffle restait coincé dans ma gorge.

— Je pense que c'est absolument parfait. Et que tu es l'homme le plus adorable que j'aie jamais rencontré. Merci. Oh, merci, Ed.

— Joyeux Noël, murmura-t-il tendrement.

J'avais un sourire radieux en passant mes bras autour de son cou pour l'embrasser. Mon Noël au Café de la Plage ne s'était pas déroulé comme prévu mais, en dépit de tous les aléas, il s'était avéré magique.

— Joyeux premier Noël, répondis-je. J'ai hâte de vivre les prochains.

RECETTES DE NOËL

L'été dernier, alors que j'imaginais cette histoire, j'ai mentionné sur ma page Facebook que j'étais en quête de recettes de Noël pour compléter mon livre. J'ai demandé à mes lectrices si elles voulaient bien partager leurs préférées.

Elles ont été fantastiques et m'ont noyée sous des recettes plus merveilleuses les unes que les autres : cakes, muffins, puddings… Toutes me donnaient l'eau à la bouche ! J'ai aussitôt promis d'en essayer autant que possible et de choisir mes préférées pour les faire figurer à la fin du livre. Grand bien m'en a pris ! Les « recherches pour l'écriture d'un livre » n'ont jamais été si savoureuses ! Merci à toutes celles qui ont participé. Le choix a été très difficile, mais j'ai fini par sélectionner les recettes succulentes qui suivent. Félicitations à Jackie Evans et Sarah Gilpin, qui étaient finalistes. J'espère que vous prendrez plaisir à pâtisser, et joyeux Noël à tous !

Bûche au chocolat indécente

(merci à Lisa Newman)

Pour une bûche de 8 parts

Pour la génoise
6 gros œufs
150 g de sucre en poudre
50 g de cacao en poudre

Pour la ganache
50 g de chocolat noir
55 g de cerises confites
225 ml de crème fraîche épaisse

Pour la garniture
Sucre glace
Paillettes comestibles (facultatif)

Un moule à génoise en fer tapissé de papier sulfurisé de 30 × 20 × 2,5 cm

1. Commencer par faire la génoise. Préchauffer le four à 180 °C, thermostat 6. Séparer les blancs des jaunes d'œufs. Dans un saladier, battre les jaunes avec le sucre jusqu'à obtenir un résultat mousseux, mais pas trop dense.
2. Ajouter le cacao en poudre et fouetter à nouveau. Dans un deuxième récipient, battre les blancs en neige jusqu'à ce qu'ils forment des pointes (ce stade est plus rapidement obtenu avec un saladier et un fouet parfaitement propres et secs). Incorporer

délicatement les blancs d'œufs dans la préparation au chocolat jusqu'à obtenir un appareil homogène. Verser dans le moule.

3. Faire cuire à mi-hauteur du four pour 20-25 minutes. Le dessus doit rebondir sous une pression légère. Laisser refroidir dans le moule (la génoise rétrécira et sera ainsi plus facile à démouler).
4. Préparer une feuille de papier sulfurisé. Saupoudrer généreusement de sucre glace. Démouler la génoise refroidie sur le sucre glace, à l'envers. Décoller le papier sulfurisé du fond de la génoise.
5. Pour la ganache, émincer les cerises confites aussi finement que possible et râper des copeaux de chocolat. Dans un saladier, fouetter la crème fraîche, puis ajouter les cerises et le chocolat. Mélanger. Avec un couteau à palette, étaler délicatement la ganache sur la génoise.
6. Maintenant, place à la partie la plus drôle ! Rouler le côté le plus étroit de la génoise à l'aide du papier sulfurisé pour créer un rouleau compact et égal.
7. Saupoudrer de sucre glace si nécessaire, puis décorer avec les paillettes comestibles. Après tout, pourquoi pas ? C'est Noël !

Mince pies

(recette d'Anna Wilson)

Pour 24 tartelettes

300 g de farine blanche
75 g de margarine
75 g de beurre doux
1 pincée de sel
Le jus d'une orange
1 cuillerée à café d'eau de fleur d'oranger (facultatif)
1 grand bocal de *mincemeat* (de préférence fait maison comme celle d'Ed) pour garnir les tartelettes
Lait
Vous aurez également besoin d'un emporte-pièce en forme d'étoile (assez large pour recouvrir la tartelette) et de deux plaques de 12 tartelettes.

1. Pour la pâte, mettre la farine, la margarine et le beurre en cubes dans un robot de cuisine et mixer le tout. (Si vous préférez mettre la main à la pâte, malaxez jusqu'à obtenir une texture sableuse.)
2. Laisser reposer l'appareil au congélateur pendant 20 minutes, puis mixer à nouveau.
3. Incorporer graduellement le sel, le jus d'orange, l'eau de fleur d'oranger, et mixer jusqu'à obtenir une pâte homogène. S'arrêter avant qu'elle ne forme une boule. Si tout le liquide a été absorbé et qu'il en faut davantage, ajouter progressivement de l'eau glacée.
4. Diviser l'appareil en deux cercles. Les emballer de Cellophane et laisser reposer au réfrigérateur pendant 30 minutes.

5. Quand la pâte aura refroidi, l'étaler sur une surface farinée à l'aide d'un rouleau à pâtisserie et préchauffer le four à 200 °C, thermostat 7. Un cercle de pâte devrait suffire pour le fond de 24 tartelettes et le deuxième cercle pour les étoiles. Une fois les fonds de tartelettes préparés dans les moules, déposer dans chaque empreinte 2 cuillerées à café de *mincemeat* et couvrir d'une étoile en pâte.
6. Badigeonner de lait, puis enfourner pour 15 minutes, ou jusqu'à ce que la pâte soit dorée.
7. Servir accompagné de crème fraîche ou de beurre au brandy maison (beurre doux, sucre en poudre et brandy, le tout mixé au robot !).

Muffins pomme-cannelle

(recette de Susan Lobban)

Pour 24 muffins

255 g de farine blanche
3 cuillerées à café de levure
½ cuillerée à café de sel
1 cuillerée à café de cannelle
1 cuillerée à café de mélange quatre-épices
90 g de sucre en poudre
1 œuf
170 g de pomme finement émincée
150 ml de lait
90 ml d'huile de tournesol
50 g de vergeoise brune pour décorer
2 plaques de 12 moules à muffins et autant de caissettes de cuisson en papier

1. Préchauffer le four à 190 °C, thermostat 6/7.
2. Mélanger la farine, la levure, le sel, les épices et le sucre.
3. Dans un récipient à part, battre l'œuf à la fourchette et ajouter le lait, l'huile et les morceaux de pomme.
4. Incorporer le mélange liquide dans le saladier d'ingrédients secs, puis mélanger jusqu'à obtenir un appareil homogène.
5. Répartir dans les caissettes à muffins. Saupoudrer de vergeoise brune.
6. Enfourner pour 20 à 25 minutes, jusqu'à ce que le dessus brunisse légèrement.

LE PLUS BEAU DES CADEAUX AU CAFÉ DU BONHEUR

Je dédie cette novella à toutes celles qui ont échangé avec moi sur ma page Facebook cette année – vous êtes les lectrices les plus fabuleuses qu'une autrice puisse espérer. Tournée générale de mince pies *!*

1

Evie

JE N'ARRIVAIS PAS À Y CROIRE. Noël approchait déjà. Après un nouvel été chaud et mouvementé dans notre café sur une plage de Cornouailles, j'avais d'abord attendu avec impatience la promesse d'un automne plus tranquille avec Ed. Au lieu de ça, ces dernières semaines avaient été envahies par la panique, des appels en larmes, des allers-retours sur l'autoroute, et des vêtements noirs pour les obsèques. D'un coup, la douceur des matins d'automne avait laissé place au gel scintillant sur les marches du café. Le village de Carrawen Bay entrait en hibernation. L'année passée, j'avais été excitée comme une puce à l'idée de notre premier Noël en amoureux. Mais cette fois-ci, tout avait basculé.

Par un matin ensoleillé de la mi-octobre, le père d'Ed avait succombé à une série de crises cardiaques.

Michael n'avait que soixante-cinq ans. C'était un homme charmant, drôle et bon – de ceux qui vous mettent tout de suite à l'aise. Père dynamique et impliqué, on le voyait, sur les photos de famille, attrapant Ed ou son frère, enfants, par les chevilles, les baladant sur ses épaules dans les dunes, les emmenant à des matchs de foot ou de cricket. En son temps, il avait été un nageur de niveau olympique, jusqu'à ce qu'une blessure à la cheville mette fin à son rêve. Mais il n'avait jamais perdu son amour pour la natation, et quand il venait avec Victoria, il se jetait dans la mer à peine arrivé et traversait la baie dans un crawl encore puissant. « Ah, ça va mieux », disait-il avec un large sourire une demi-heure plus tard, alors que Victoria faisait mine d'être contrariée.

Et le voilà parti, si vite, si brusquement, laissant tous ceux qui l'aimaient sous le choc. Anéantie, Victoria n'était plus que l'ombre de la femme enjouée qu'elle avait été. Le frère d'Ed, Jake, qui travaillait à Melbourne, s'en voulait de ne pas avoir pu faire ses adieux à Michael, car son avion avait atterri à Heathrow deux heures trop tard. Quant à Ed… il souffrait tant, comme un animal blessé qui se recroquevillait dans son coin, et abandonnait tout le reste.

— Pauvre Ed, compatit ma mère quand je lui confiai au téléphone mes difficultés à le réconforter. Laisse-lui du temps. Sois là pour lui, écoute-le, serre-le fort dans tes bras. Mais ne t'attends pas à ce qu'il aille mieux du jour au lendemain. On ne se remet jamais vraiment de la perte de ses parents.

Je savais qu'elle avait raison mais, incapable de l'arracher à sa tristesse, je me sentais impuissante. Je ne supportais pas de le voir si malheureux.

— La première année est la pire, déclara ma sœur quand elle vint avec sa famille pour les vacances d'automne.

Nous étions assises sur les rochers, les mains serrées autour d'un mug de café, pendant que ses enfants jouaient au frisbee sur le sable. Son mari avait perdu sa mère quelques années plus tôt, alors Louise savait de quoi elle parlait.

— C'est pendant les événements marquants que l'absence est la plus douloureuse : les anniversaires, Noël, les réunions de famille.

Le vent faisait voler ses longues mèches fauves.

— La première fête des Mères a été un supplice pour Chris, continua-t-elle, le regard rivé sur la mer.

Puis elle me tapota le bras.

— C'est terrible, mais ça devient plus facile. Progressivement. Au fil du temps.

— Au moins, toi, tu n'es pas en plein divorce, m'avait assené mon autre sœur, quelques semaines plus tard lors de notre appel bimensuel.

Ruth s'était séparée de son mari durant l'été et ne voyait plus le monde qu'à travers le filtre de l'amertume et de la fureur grondante. C'était du Ruth tout craché. Ultra compétitive, même quand il s'agissait de savoir qui souffrait le plus. Il fallait forcément que sa douleur soit plus grande que la mienne.

— C'est vrai, avais-je concédé comme d'habitude. Au moins, on n'est pas en train de divorcer.

Outre le fait que nous n'étions pas mariés – et qu'un divorce était de fait impossible –, une rupture avec Ed était la dernière chose que je voulais. Depuis que nous étions ensemble, ma vie s'était radicalement améliorée. Il était mon meilleur ami, la personne avec qui je voulais passer mes journées et mes nuits. On riait déjà des rocking-chairs identiques qu'on planterait sur la terrasse du café pour regarder le coucher de soleil quand on serait vieux. Au cours des dix-huit derniers mois, notre relation avait survécu à mon SPM, aux gueules de bois, et au frigo en panne le jour le plus chaud de l'été. Nous affrontions maintenant notre plus grande épreuve jusqu'alors. Je voulais désespérément le soutenir dans son deuil, mais il se murait dans un silence inatteignable.

Louise avait raison, pensai-je. Le premier Noël sans Michael serait difficile : la chaise vide à table, et tous les souvenirs des Noëls précédents qui tourneraient en boucle dans la tête d'Ed. J'imaginais un jeune Michael sportif, avec des cheveux encore bruns, portant un immense sapin sur son épaule sous les acclamations de ses fils. Je le voyais courir après eux et encourager leurs premiers mètres sur les vélos fraîchement déballés. Construire le plus beau et le plus gros des bonshommes de neige dans le jardin. Cette année, il serait absent. Absent pour toujours. C'était si injuste.

De toute façon, Noël promettait d'être une épreuve, puisque Ruth et ses trois enfants débarquaient pour les vacances. L'idée m'avait semblé bonne, en juillet.

— L'occasion de s'échapper d'Oxford et des mauvais souvenirs, avais-je suggéré alors qu'elle se noyait dans le chagrin du divorce. On s'occupera de cuisiner, les enfants pourront courir sur la plage, et pendant ce temps-là tu n'auras qu'à te poser sur le canapé avec une bouteille de gin et regarder *Elfe* en boucle.

Evie, si gentille et attentive ! La sœur loyale à la rescousse ! Bien sûr que je ne voulais pas voir Ruth triste comme les pierres à Noël, tourmentée par tous les souvenirs heureux en famille dans sa maison parfaite de la banlieue chic d'Oxford. Mais je ne m'attendais pas à ce qu'elle saute sur l'occasion avec autant de zèle.

— Vraiment ? Je n'aurai pas à cuisiner ? Et tu es sérieuse pour l'alcool et *Elfe* ?

J'aurais dû y réfléchir à deux fois, mais j'avais trop de peine pour elle. Jusqu'à présent, la vie parfaite et dorée de Ruth avait provoqué chez moi plus de jalousie (sans compter un violent complexe d'infériorité) que de pitié. Mais je venais de l'écouter sangloter au téléphone parce qu'elle avait découvert que son lâche de mari avait une liaison depuis deux ans avec sa meilleure amie, et elle était à ramasser à la petite cuillère. Que pouvais-je dire d'autre, à part « Bien sûr que je suis sérieuse ! Ça nous ferait plaisir de te voir » ?

Sans vouloir être ingrate, je regrettais amèrement ma proposition spontanée. Ruth avait beau être ma sœur, elle n'était pas toujours facile à vivre ; très critique et relativement dépourvue d'humour – non pas qu'elle ait beaucoup de raisons de rire ces derniers temps. C'était le genre d'invitée qui voit tout de suite que l'aspirateur n'a pas été passé dans les coins, ou que les vitres auraient besoin d'un coup de raclette. Pire, elle avait ce regard qui montrait bien qu'elle avait remarqué. Après le Noël cocasse de l'an passé où tout était allé de travers – un flot d'invités surprise, suivi par des chutes de neige empêchant leur départ –, je commençais à me demander si le Noël parfait existait vraiment. Si c'était le cas, j'étais à peu près sûre que Ruth n'en faisait pas partie.

Alors, entre la tristesse d'Ed et les histoires de Ruth, ce Noël ne respirait pas franchement la joie des festivités. J'avais déjà calculé les litres de vin chaud et les kilos de pommes de terre rôties qu'il me faudrait pour en venir à bout.

Puis, dix jours avant décembre, Ed me fit une annonce qui rendit tout cent fois pire.

Nous nous promenions sur le sentier du littoral, emmitouflés dans nos gros manteaux et bonnets en laine. Après une semaine de tempête, avec une pluie incessante et des vents glacials, pendant laquelle nous n'avions pu que nous terrer au café ou nous précipiter dans la voiture pour rejoindre un autre lieu abrité, le vent s'était calmé et les nuages avaient fait place à un soleil froid d'hiver. En manque d'air frais et chaudement couverts, nous étions sortis.

Le sentier qui longeait les falaises était mon itinéraire de promenade préféré. Pendant les beaux jours, l'herbe y était pleine de couleurs : le rose des œillets marins, le jaune de la luzerne et le mauve de la scille de printemps. On apercevait parfois des phoques dans la baie, ainsi que des cormorans et des petits pingouins tournoyant dans les airs. Aujourd'hui, le ciel venteux était désert, seulement perturbé par le cri des mouettes qui s'élevaient à l'horizon.

Nous parlions de tout et de rien : le premier concours de pâtisserie du village pour lequel nous allions tous les deux être jurés, la date à laquelle installer le sapin, et les dernières aventures d'Amber qui devait atterrir à New York trois heures plus tard – cadeau en avance de son copain, une star du petit écran. La veinarde.

— C'est un bon parti, commentai-je en avançant d'un pas lourd sur le sentier, soufflant des nuages de vapeur. Elle dit qu'elle compte filer droit chez Tiffany's pour voir s'il est aussi généreux en diamants qu'en billets d'avion.

Ed ne répondit pas, et je craignis aussitôt qu'il interprète ma remarque comme une comparaison qui lui serait défavorable.

— Non pas que ce genre de choses m'intéresse, ajoutai-je précipitamment. Tiffany's, c'est trop bling bling. Mais tu connais Amber, elle adore tout ce qui est précieux. Mais pas moi. Pas du tout.

Je m'interrompis, avec l'impression de m'enfoncer plus profondément encore.

— Je ne dis pas que tu n'es pas précieux – parce que tu l'es à mes yeux, vraiment –, c'est juste que les gens ont des avis différents sur…

— Evie.

Pendant un instant, je craignis qu'il me dise d'arrêter de jacasser. Puis je vis son expression étrange, j'en eus aussitôt les jambes en coton. Oh non. Ses lèvres pincées ne formaient plus qu'une fine ligne ; son regard semblait triste et désolé. La terrible découverte de Ruth au sujet de l'infidélité de son mari me revint en mémoire, et pendant un quart de seconde, je crus qu'il allait me confesser son amour pour Amber.

— Quoi ?

— Écoute, il faut que je te dise quelque chose.

Nous étions arrivés au banc en bois de Bluff Point, la plus belle vue à des kilomètres, et il me fit signe de m'y installer. J'étais totalement insensible au paysage qui s'étirait devant moi. Je ne voyais que son visage grave, et j'appréhendais les mots qu'il s'apprêtait à prononcer.

— Quoi ? répétai-je.

— C'est au sujet de Noël.

Il regarda au loin le tumulte des vagues, puis se tourna vers moi.

— Je suis vraiment désolé, mais je vais rentrer à Londres pour Noël. Je ne peux pas laisser ma mère seule.

— Mais…

Mais tu ne peux pas passer Noël à Londres ! On reçoit Ruth, tu te souviens ?

— Oh, dis-je plutôt. OK. Le truc, c'est que…

— Je sais que tu as déjà promis à Ruth, mais Maman ne va pas bien. Et avec Jake à l'autre bout du monde, je ne supporte pas l'idée de la laisser seule. Pas pour son premier Noël sans Papa.

— Oui.

Seul un monstre aurait pu le contredire.

— Bien sûr que tu dois y aller. Mais…

Je grattai le sol sableux de la pointe de mes bottes. Comment allais-je annoncer la nouvelle à Ruth ? Elle était tellement psychorigide qu'elle allait péter un câble si je retirais mon invitation à quinze jours de Noël, alors qu'elle n'avait pas réservé de dinde. Je frissonnai, imaginant la fureur déferlant à l'autre bout du fil, suivie d'un silence glacial tout droit venu de Sibérie. Connaissant Ruth, elle le prendrait personnellement. Elle était si parano en ce moment qu'elle y verrait un affront délibéré, le monde qui se liguait contre elle, même sa propre sœur.

Une idée m'apparut.

— Est-ce qu'on ne pourrait pas inviter ta mère aussi ? Peut-être que la compagnie des enfants de Ruth lui plairait. Ça pourrait être une bonne distraction pour elle.

Nous avions fait construire une extension à l'arrière du café en février, qui prolongeait également notre appartement. Avec un peu d'organisation, on pouvait facilement accueillir Victoria ainsi que Ruth et sa tribu.

— Je ne suis pas sûre qu'elle soit partante pour voir du monde et faire la fête cette année, répondit-il, sceptique.

Il y eut un temps de silence.

— Ne t'en fais pas, ajouta-t-il. Je ne m'attends pas à ce que tu changes tes projets pour moi.

Ah bon ? Ah. Je croisai les bras en sentant la brise marine qui faisait ployer l'herbe autour de nos chevilles.

— Alors tu veux dire…

Je déglutis, avec l'impression de remporter la palme de l'égoïsme.

— … qu'on ne va pas passer Noël ensemble ?

Il poussa un long soupir qui portait toute sa fatigue et sa tristesse.

— Je suis désolé, Evie. Il n'y a pas d'autre solution.

Il avait raison. Bien sûr qu'il avait raison. Pourtant j'étais dégoûtée à l'idée d'être séparée d'Ed pour Noël, au point que j'avais envie de pleurer, là, tout de suite.

Je savais que je ne pouvais pas le montrer. Il fallait que je cesse de ne voir que mon nombril et que je pense à combien la situation était horrible pour lui : perdre son père, et tenter de surmonter son deuil tout en soutenant sa mère.

— Je comprends, dis-je en pressant sa main. Pas de problème.

Bien sûr que ça me posait un sérieux problème, mais je devais me montrer mûre et pleine de compassion.

— Merci.

Il serra mes doigts entre les siens en retour.

— Et on passera un super mois de janvier ensemble, bredouillai-je dans une tentative d'optimisme. On pourrait s'échapper de tout ça, peut-être partir au soleil…

— Oui, on verra, répondit-il sans grand enthousiasme.

Puis il passa un bras autour de mes épaules.

— Merci. Je suis désolé d'être le rabat-joie de service.

— Tu n'es pas un rabat-joie. Et Noël n'est qu'un jour dans l'année. On s'en fiche.

Qui espérais-je convaincre ? Évidemment que je ne m'en fichais pas. Je ne vivais que pour Noël ; quiconque prétendant qu'il ne s'agissait que d'un jour comme les autres se serait attiré mes foudres. Sauf que cette année, au lieu de le passer avec l'homme que j'aimais, j'allais me farcir ma sœur mal lunée… Grrr.

2

Ruth

D'ORDINAIRE, Ruth n'était pas du genre à recourir spontanément à la violence. En tant qu'enseignante au collège, il fallait être capable de garder son calme, ou au moins le feindre, même si l'envie lui prenait parfois d'étrangler le prochain ado grande gueule qui chahuterait pendant son cours. Elle fusillait du regard ceux qui lui grillaient la priorité au feu vert, mais elle n'enfonçait pas pour autant le klaxon, pas plus qu'elle ne déversait une flopée d'injures, comme certains. Enfant, quand Evie, avait « accidentellement » libéré son hamster qu'on n'avait plus jamais revu, Ruth n'avait pas fait de cirque, n'avait pas hurlé, préférant ignorer sa cadette dans une ambiance glaciale pendant une semaine, pour ensuite saisir la moindre occasion de la culpabiliser jusqu'à… eh bien, maintenant à vrai dire. Elle le faisait encore. (Pauvre M. Woffles, qui les avait quittées trop tôt.)

Ces derniers temps, les choses avaient changé. Elle était perpétuellement en colère. Furieuse, même. Elle avait rugi « Attention ! » à une vieille dame qui l'avait poussée avec son Caddie chez Waitrose. En classe, le moindre accroc déchaînait ses punitions : un devoir en retard, une attitude insolente, jusqu'aux reniflements de Florrie Malcolm à qui elle avait pourtant demandé de se moucher. (Existait-il une chose plus agaçante qu'un enfant qui renifle ?) À la maison, elle claquait les portes, pestait entre ses dents, et buvait bien trop de vin rouge le soir. Parfois, il lui arrivait même d'envoyer des messages pleins de haine à Tim et/ou Amanda, si elle avait passé une journée particulièrement mauvaise et bu un verre de trop.

Tim. Ce traître infidèle, menteur, lâche, ce minable de Tim. La nuit, elle regardait le plafond en pensant à toutes les tortures et blessures qu'elle pourrait lui infliger. Elle imaginait des scénarios où il la supplierait de lui pardonner, pleurant des larmes d'effroi, de regret et d'angoisse.

— Je t'en prie, Ruth, sangloterait-il. Je ferai tout ce que tu voudras.

— Hors de question, répliquait-elle dans ses fantasmes, la voix dégoulinante de mépris. Tu as merdé, Tim. Et je ne te pardonnerai jamais. Jamais !

Comme c'était laid, un mariage qui vole en éclats vu de près, quand ses tréfonds sont révélés au grand jour dans le bordel et l'amertume. Et pire qu'un couteau dans le dos, c'était dans les entrailles qu'on la frappait. Le plus douloureux était la prise de conscience que l'homme qu'elle avait rejoint à l'autel – celui avec qui elle avait échangé des vœux, des promesses, et fait des enfants, merde alors ! – s'avérait un infâme scélérat jusqu'à la moelle. Une ordure incapable, avec ça. Pour un intellectuel aux préoccupations philosophiques d'un niveau trop élevé pour le commun des mortels, Tim s'était révélé remarquablement stupide quand il était question de couvrir ses infidélités crasses. Haut niveau, mes fesses oui, comme diraient ses élèves. Au bout du compte, Tim n'était que la caricature pathétique d'un homme dont l'entrejambe parlait plus fort que le cerveau, et qui avait été assez con pour oublier un reçu incriminant dans son pantalon. Le fameux ticket que Ruth avait sorti d'une poche en triant le linge sale.

Évidemment, si Tim avait été pourvu de la moindre once de décence, de loyauté, ou même s'il avait eu une mince idée du sens de « jusqu'à ce que la mort nous sépare », il n'y aurait pas eu de reçu à trouver, pas vrai ? Rien de tout ça ne serait arrivé. Ruth et lui auraient continué à vivre dans leur petite bulle gonflée du succès de leurs exceptionnelles carrières, de leur maison élégante, de leurs enfants intelligents, et des belles vacances deux fois par an sur la Côte d'Azur et dans les Cornouailles. Était-ce trop demander d'un mari qu'il prenne en considération cette vie soigneusement construite, ces symboles manifestes de réussite, et s'en contente ? Après tout, ça lui avait bien suffi, à elle.

Sur le bout de papier froissé en ce jour fatidique, la liste des dépenses la narguait : *Suite deluxe, champagne, un menu steak, un menu tarte au chèvre, petit déjeuner room service* × *2*. Chaque mot résonnait dans sa tête, et le monde tanguait comme dans un manège de petites voitures. Ruth était tombée à genoux sur le sol de la cuisine, au milieu d'une marée de chemises d'écoliers et de tenues de foot boueuses.

C'était un vendredi matin, son précieux jour de repos, et la maison était vide. La lumière du soleil inondait la cuisine à travers les portes vitrées, réchauffant les dalles et scintillant sur les verres de lait que les enfants avaient oublié de ranger dans le lave-vaisselle. Le chat des voisins se roulait dans la poussière du patio, dehors, les yeux fermés de contentement ; la promesse d'une merveilleuse journée chaude de juillet.

Mais Ruth n'avait que faire du beau temps. Elle avait à peine remarqué la présence indésirable de ce sac à puces qui faisait ses affaires répugnantes dans le lit de laitues. Elle ne pouvait penser à rien d'autre qu'au reçu. *Hôtel du Vin, Brighton,* lisait-elle. *Escapade coquine,* traduisait-elle. Même si Tim lui avait dit, très platement, qu'il avait une conférence barbante à l'université de Manchester.

Le battement de son cœur était un roulement de tambour douloureux. D'instinct, elle avait tendu la main vers son téléphone et appelé Amanda, sa meilleure amie depuis la fac, qui vivait à dix minutes de chez elle, à Jericho. Amanda saurait la rassurer, contrairement à Louise. Si sa sœur jumelle était d'une loyauté indéfectible, son côté tête dans les nuages avait le don de l'irriter. Amanda, en revanche, était pragmatique et lucide. S'il y avait une explication à déduire de ce maudit reçu, Amanda la trouverait.

— Salut, Ruth. Ça va ?

Ruth avait humidifié ses lèvres, sentant sa voix soudain faiblir.

— J'ai... j'ai trouvé quelque chose.

— Qu'est-ce que c'est ?

— Un reçu pour un week-end coquin à Brighton. Hôtel du Vin – Tout compris. Petit déjeuner au lit et room service pour deux, Amanda.

Il y avait eu une respiration choquée à l'autre bout du fil.

— Oh non, avait dit Amanda.

Emportée dans un torrent de rage dévastateur à l'égard de Tim, Ruth avait rugi :

— Mais qu'est-ce que ça veut dire, bordel ? Qui fait ce genre de choses ?

Elle attendait qu'Amanda lui fournisse une réponse sensée, la rassure avec un « ne sois pas bête, jamais Tim ne ferait quelque chose d'aussi horrible, c'est sûrement une erreur », mais au lieu de ça, elle avait entendu un sanglot étouffé.

— Oh non, avait répété Amanda. Je suis désolée...

Ruth avait tiqué, sans comprendre. *Désolée* ? Est-ce qu'elle avait mal entendu ?

— Il devait te le dire, avait sangloté Amanda. Il m'avait promis qu'il te le dirait.

Une nuée d'abeilles avait envahi la tête de Ruth, et elles l'assommaient de leur bourdonnement incessant. Les yeux fermés, elle essayait de les chasser, mais le bruit ne faisait que s'amplifier. *Non,* avait pensé Ruth. *Pas Amanda. Par pitié, pas Amanda.*

— Qu'est-ce que tu veux dire par là ? avait-elle articulé avec une lenteur exagérée, par peur de hurler.

Un terrible silence s'était abattu plein de culpabilité et de secrets. Elle pouvait presque entendre les méninges d'Amanda s'activer pour imaginer une explication plausible. Rien n'était venu.

— C'était *toi* ? demanda Ruth en rompant le silence. C'était toi, avec Tim, à Brighton ?

Les abeilles bourdonnaient toujours plus fort et, pendant un instant, tout était devenu noir devant ses yeux, comme si elle allait tomber dans les pommes. Non. Hors de question. Ce n'était pas possible. *Dis-moi que ce n'est pas ce que je crois, Amanda,* avait-elle supplié mentalement. *Dis-le-moi, bordel !*

— Oh là là, avait dit Amanda d'une voix suraiguë et paniquée. Oh là là, Ruth, je suis vraiment désolée.

Elle était désolée ? Amanda était désolée ? Alors c'était vrai ? C'était réel.

Ruth avait ouvert la bouche puis l'avait refermée, plusieurs fois, mais aucun mot ne semblait approprié à ce stade de la conversation. Elle avait raccroché et s'était effondrée, tremblante, sur le sol aux dalles luxueuses, au milieu du linge. Puis elle avait laissé s'échapper un hurlement de fureur si tonitruant qu'il avait fait fuir le chat.

Depuis, le mariage de Ruth avait éclaté, et elle demeurait seule avec les enfants au milieu des débris. Tim les avait quittés pour Amanda et son appartement moderne et stylé, et il ne restait plus à Ruth qu'à ramasser les pots cassés. Thea, la petite dernière, avait pleuré tous les soirs avant de s'endormir pendant un mois entier, réclamant les câlins de son papa, pour finalement sombrer dans un sommeil agité, les joues rouges et mouillées. Hugo, qui avait désormais dix ans, avait une tendance nouvelle à donner des coups de pied à tout-va et tirait la gueule en permanence. Quant à Izzy, son adorable cadette, elle passait son temps à jouer au piano des airs mélancoliques inspirés par son père qui lui manquait, et elle semblait avoir oublié comment sourire.

Ruth, qui s'était toujours félicitée d'avoir la vie à laquelle aspiraient les autres, avait honte de se retrouver au cœur d'une situation si douloureuse et désordonnée. Ses parents et ses sœurs la soutenaient, bien sûr, mais elle ne supportait pas leurs regards inquiets ni l'aide qu'ils proposaient. « Je vais bien, vraiment, ne cessait-elle de répéter avec une fragilité grandissante. Tout va parfaitement bien. »

Ils n'allaient pas bien. Au contraire. Les fissures ne faisaient que se multiplier, malgré tous ses efforts pour les combler l'une après l'autre. Hugo était tombé bien bas lors du concert de l'école en faisant un geste vulgaire dans le dos du principal (la première fois qu'il s'attirait des ennuis), et la maîtresse d'Izzy avait appelé pour savoir pourquoi elle s'était disputée avec ses meilleurs amis et ne voulait plus jouer de la flûte dans l'orchestre de l'école.

— Je me demandais juste si vous pouviez m'apporter un éclairage sur la situation – est-ce qu'il se passe quelque chose à la maison dont nous devrions être informés ? avait demandé l'enseignante dont la fausse compassion masquait à peine la curiosité mal placée.

— Tout va bien, merci, avait rétorqué Ruth. Non pas que ce soient vos oignons.

Heureusement, les vacances d'été étaient arrivées pour leur permettre de se morfondre à la maison sans avoir à affronter le regard des autres et les questions embarrassantes. Ruth avait organisé un emploi du temps de loisirs chargé : colo sportive pour Hugo, activités musicales pour Izzy, stage de danse pour Thea. Mais les enfants avaient décidé de ne rien faire et, pour une fois, Ruth n'avait pas eu l'énergie de les contraindre. Quand il avait été question de départ en vacances, Tim avait emmené les enfants dans la villa qu'ils avaient réservée près de Cannes, abandonnant Ruth seule pour les quinze jours les plus tristes de sa vie.

Puis, à la fin du mois d'août, elle était partie avec les enfants dans les Cornouailles pour une semaine dans leur cottage à Rock, où ils avaient passé de nombreux étés heureux. Mais c'était bizarre, sans Tim. La famille s'en trouvait complètement déséquilibrée. Elle se savait plus acariâtre et impatiente, sans le tempérament tranquille de son mari pour la calmer. Même leur programme habituel – natation, châteaux de sable, visites à Evie et Ed à Carrawen, traversée en ferry jusqu'à Padstow, *fish and chips* sur le port – lui réclamait un effort colossal. Elle avait fait de son mieux, mais avait passé la semaine à crier sur les enfants et à éclater en sanglots. (« C'était naze », avait marmonné Hugo au retour à Oxford. Elle n'avait pu se résoudre à feindre le désaccord, et encore moins à le punir pour son vocabulaire.)

Pourtant, il y avait du progrès. Petit à petit, ils s'y faisaient. Un jour douloureux après l'autre. Au moins elle n'avait plus à supporter les pieds puants de Tim, ses ronflements, ou la routine de leur vie sexuelle. Piètre consolation.

L'été touchant à sa fin, ils étaient tous retournés à l'école. Thea avait eu quatre ans, et on lui avait organisé un beau goûter d'anniversaire. Izzy s'était inscrite à la chorale de l'école et avait recommencé à sourire de temps en temps. Hugo avait fêté ses onze ans avec sa première poussée d'acné et un nouveau mot du proviseur qui lui reprochait de « faire le malin », mais

Ruth s'accrochait à l'espoir qu'il dépasse tout ça avant de devoir se mettre sérieusement au travail pour le brevet. Si Hugo rapportait autre chose que la meilleure note à toutes les épreuves, elle ne manquerait pas d'en tenir Tim pour responsable.

Elle avait résisté jusqu'à décembre, tant bien que mal, les réserves d'énergie perpétuellement à plat, et son enthousiasme pour les festivités commerciales et tapageuses de Noël proche de zéro. La seule petite victoire de Ruth fut quand Tim déposa les enfants un dimanche et qu'elle lui annonça qu'elle les emmenait dans les Cornouailles pour Noël, et qu'il ne pourrait pas les voir.

— Q-quoi ? balbutia-t-il, appuyé sur le montant de la porte d'entrée.

(Elle ne lui autorisait plus l'accès à la maison, insistant pour qu'il reste en dehors de son territoire quand il déposait ou récupérait les enfants.)

— Je disais qu'on passe Noël à Carrawen, prit-elle plaisir à répéter en savourant sa déception.

Eh oui, Tim. Tu ne l'avais pas vu venir, pas vrai ? Et c'est entièrement de ta faute, pour avoir couché à droite et à gauche dans mon dos.

— Mais…

Ses traits s'affaissèrent de désarroi. Il avait pris du poids ces derniers temps, remarqua-t-elle. Ses joues étaient un peu flasques. Trop de dîners étoilés en tête à tête avec cette traîtresse d'Amanda, sans doute.

— … mais je voulais les voir pour Noël. Tu ne peux pas juste…

Sa voix s'éteignit sous le regard glacial de Ruth.

— Oh si, je peux, et je ne vais pas me gêner. Tu ferais bien de t'y faire, Tim.

Et va te faire voir, pensa-t-elle en lui claquant la porte au nez.

Noël dans les Cornouailles. Quel bonheur d'échapper à la tristesse qui plombait cette maison depuis des mois, de quitter Oxford, partir loin de Tim, sans regarder en arrière. C'était bien fait pour lui, qui se retrouverait sans ses enfants pour la période des fêtes. Hors de question de lui laisser le beurre et l'argent du beurre. C'était sa punition. Il méritait chaque instant où ils lui manqueraient.

Bien sûr, ce n'était pas qu'une histoire de revanche sur son ex-mari. Pas du tout. Elle avait besoin d'une pause, elle aussi. Avec les casseroles qu'elle traînait, sa sœur n'était pas du genre à la juger ; sans compter qu'Ed, qui était chef cuisinier, était la promesse de dîners gastronomiques. Evie avait même dit que Ruth n'aurait pas à lever le petit doigt. Après presque vingt ans passés à cuisiner un repas de Noël pour une foule d'invités, à se débattre avec les abats pour finir éclaboussée de graisse de dinde, à rédiger des listes herculéennes et à jouer des coudes dans les rayons bondés des supermarchés, le tout pour dépenser une fortune pour des gens en général trop ivres ou pointilleux pour apprécier pleinement le menu… Bref, l'idée de laisser cette charge à quelqu'un d'autre était, pour être honnête, un pur bonheur.

Vivement Noël. Et vivement la fin de cette horrible année. Il était temps qu'elle se termine.

3

Evie

NORMALEMENT, sur l'échelle de l'enthousiasme festif, mon état en décembre passait progressivement de « fredonnement joyeux d'hymnes de Noël » au début du mois à « sauts et cris de joie effrénés » au réveillon. Pourtant, cette année, à une semaine du grand jour, je n'étais toujours pas dans l'ambiance. Le sapin était décoré, les guirlandes de loupiotes scintillaient dans tout le café et l'appartement, et nous avions fermé boutique et cessé le service traiteur jusqu'à la fin janvier… malgré tout, l'esprit de Noël continuait à m'échapper. J'avais même oublié trois chocolats dans mon calendrier de l'Avent. Du jamais-vu.

— Il te faut des *mince pies* pour te remonter le moral, me dit Ed en déposant des cuillerées généreuses de sa *mincemeat* maison dans les caissettes à tartelettes. Je te garantis que l'esprit de Noël va arriver par l'estomac.

— Bonne idée.

Aussitôt, j'en eus l'eau à la bouche. Rien de plus efficace qu'une *mince pie* pour insuffler la magie des fêtes, pas vrai ? J'aimais tant ces délicieuses tartelettes aux fruits confits et à la cannelle qu'il m'était déjà arrivé d'en engloutir cinq de suite. Avec supplément crème *et* beurre au brandy. Oh oui.

Mais quand les tartelettes sortirent du four un peu plus tard, décorées d'une étoile en pâte parfaitement dorée, leur parfum ne fit que me retourner l'estomac.

— Je dois couver un truc, marmonnai-je en triturant du bout de la cuillère ma *mince pie* à moitié entamée.

Ed ne répondit pas immédiatement. Il se tourna vers moi, l'air las.

— Écoute, Evie... est-ce que c'est parce que je pars à Londres ?

— Quoi ?

— Cet air maussade en permanence, répondit-il. Les heures à traîner au lit et à faire la tête. Je sais que la situation n'est pas parfaite, mais je pensais qu'on était d'accord...

— Je ne fais pas la tête ! C'est juste que...

J'ignorais comment décrire ce que je ressentais. Tout semblait me coûter un effort immense ces derniers temps – même me lever le matin et faire des choses ordinaires, comme me brosser les dents. Je commençais à craindre un syndrome de fatigue chronique ou une maladie grave, tant j'étais épuisée en permanence.

Ed avait les lèvres pincées, comme s'il ne me croyait pas.

— Désolée.

Vaillamment, je pris une nouvelle bouchée de *mince pie* dans une tentative de coller à mon image d'amoureuse de Noël.

— Promis, je ne fais pas la tête, répétai-je.

Puis, je mobilisai toutes les compétences acquises en cours de théâtre à la fac et me forçai à feindre un air enthousiaste.

— D'ailleurs, je me disais même..., continuai-je en me creusant les méninges pour trouver quelque chose de positif à dire. Pourquoi on ne ferait pas une liste de courses de Noël ? On pourrait chercher des petits trucs pour ta mère, non ? Et il me faut des réserves de gin et de gâteaux pour Ruth. On pourrait faire les courses à Newquay et y passer la journée.

L'expression d'Ed s'adoucit. Il se pencha sur la table de la cuisine, ôta une miette de tartelette de mes lèvres, et déposa un baiser sur ma joue.

— C'est une bonne idée. Faisons ça.

Le 22 décembre, Ed partit pour Londres, chargé d'un gâteau de Noël aux épices et fruits confits, de *mince pies* et d'un sac tintant de bouteilles de vin rouge et de brandy, ainsi que de cadeaux pour sa mère. J'avais glissé une chaussette pleine de petits cadeaux pour lui dans sa valise quand il avait eu le dos tourné, et j'avais préparé une amaryllis dans une pochette cadeau pour Victoria.

— Fais attention sur la route, dis-je en le serrant dans mes bras. Et envoie-moi un message quand tu seras arrivé.

— Ça marche. À dans une semaine.

— Joyeux Noël, murmurai-je avec des trémolos dans la voix.

C'était ridicule, je le savais, mais je n'arrêtais pas de penser au Noël de l'an passé, où nous étions si heureux dans notre bulle d'amour. Maintenant, il se figurait que je faisais la tête pour rien, et nous serions séparés pour mon jour préféré de l'année. Je ne comprenais pas comment les choses avaient pu tourner au vinaigre de cette manière.

— Toi aussi. Au revoir.

Je l'accompagnai jusqu'au petit parking derrière le café, et lui fis des signes de la main alors qu'il sortait de sa place en marche arrière et s'engageait sur la route. Puis je relâchai mon bras, et restai debout quelque temps, dans le froid mordant, complètement déprimée.

Allez, m'intimai-je. *Ce n'est qu'une semaine de rien du tout. Ruth sera là cet après-midi avec les enfants, et vous allez vous amuser ensemble.*

Je me secouai pour retrouver de l'énergie puis rentrai pour faire chauffer de l'eau. J'allais me servir une petite tasse de thé, décidai-je, avant de m'atteler aux millions de choses qu'il me restait à faire : passer l'aspirateur, préparer les lits, terminer les courses…

Cette pensée suffisait à m'épuiser. En fait, j'allais plutôt commencer par une micro sieste, et ensuite je me mettrais au boulot.

Je me dirigeai vers le lit, tirai la couette sur ma tête et, après m'être morfondue sur Ed qui me manquait déjà, je plongeai dans un sommeil profond de cinq heures.

Je me réveillai en sursaut au son des cris et des coups frappés à la porte, sans comprendre ce qui se passait. Il me fallut quelques secondes pour faire le lien avec Ruth et les enfants, et *oh merde,* je n'étais pas du tout prête ; comment avais-je pu dormir si longtemps ? Arrgh. Ce n'était pas du tout prévu à mon programme de la parfaite hôtesse.

— Te voilà enfin ! me reprocha Ruth quand j'ouvris la porte, après avoir tenté d'arranger ma chevelure indomptable. On commençait à croire que tu nous avais oubliés.

— Moi ze croyais que tu nazais dans la mer, zozota Thea.

Des fossettes adorables creusaient ses petites joues rebondies.

Izzy se colla à mes jambes et serra ses bras autour de mon corps.

— Moi je savais que tu nous attendais, dit-elle alors que je lui rendais son étreinte.

— Évidemment que je vous attendais. Entrez, entrez. Hugo, tu es déjà trop grand pour un câlin de Tata Evie, ou je peux t'en faire un ?

— Moi je veux un câlin ! réclama aussitôt Thea en fonça droit sur mes jambes pour s'accrocher à moi.

Hugo haussa les épaules sans me regarder, ce que je traduisis par « Dans tes rêves, veille tante gênante ».

— Salut, ma puce, dis-je en ébouriffant les boucles de Thea. Je suis tellement contente de t'avoir pour Noël ! Est-ce que tu as laissé un mot au Père Noël pour lui dire de venir ici ?

— Il existe pas, marmonna Hugo dans sa barbe, récoltant ainsi le regard noir de Ruth.

Heureusement, Thea ne semblait pas avoir entendu.

— Voui, répondit-elle solennellement. Z'ai fait un dessin du café, comme ça il sait où aller.

— Super, je suis contente de l'apprendre, approuvai-je en tâchant de ne pas rire. Salut, Ruth.

Je me penchai par-dessus les filles pour déposer une bise sur sa joue parfumée. Même après quatre heures de conduite, elle était aussi impeccable que d'habitude, malgré les cernes sous ses yeux que son maquillage ne parvenait pas à cacher.

— Ça va ? Je vais faire chauffer de l'eau pour le thé. On a du chocolat chaud et des guimauves, si ça intéresse quelqu'un ?

Les filles poussèrent des cris de joie et Hugo haussa à nouveau les épaules, comme pour signifier que oui, si on l'y forçait, il consentirait à prendre un chocolat chaud et ses guimauves.

— Merci, Evie, dit Ruth. Allez, les enfants. Essuyez bien vos pieds avant d'entrer pour ne pas mettre du sable partout – voilà. Laissez les valises ici pour le moment. Thea, *attention* ! On enlève les manteaux, les chaussures, et ne laisse pas tout traîner en plein milieu du couloir, Hugo !

Sa voix stridente me mit sur les nerfs. *Ruth, relax*, pensai-je en aidant Isabelle avec son manteau puis Thea avec ses bottes.

Tous les quatre me suivirent tranquillement dans la cuisine du café, où je me raidis en apercevant la table pas débarrassée du petit déjeuner et le lave-vaisselle plein. Pas exactement l'ambiance chaleureuse et festive de Noël que je visais. Je m'affairai aussitôt pour mettre à tremper la casserole de porridge dont la croûte avait séché au fond, puis versai une cuillerée de chocolat en poudre dans trois tasses et disposai des étoiles en pain d'épices sur une assiette. Heureusement, pour une fois, Ruth n'arborait pas sa bouche en cul-de-poule pour montrer sa désapprobation devant ma négligence. Elle se laissa tomber sur une chaise et se frotta les yeux pendant que je nous préparais un latte revigorant.

— Où est Ed ? demanda-t-elle au bout de quelques minutes. Ne me dis pas qu'il est parti surfer avec ce froid ?

— Oh. Je ne t'ai pas raconté ? Il ne sera pas là pour Noël. Il est chez sa mère. Tu te souviens que son père…

Les traits de son visage s'affaissèrent.

— Vraiment ? C'est dommage.

Alors que je pensais que, pour la première fois, elle s'apprêtait à dire une chose gentille au sujet d'Ed, elle ajouta avec une expression horrifiée :

— Oh non, est-ce que ça veut dire que c'est toi qui cuisines pour Noël ?

Sympa. À peine arrivée elle commençait déjà à m'insulter. C'était sûrement un record, même venant de Ruth.

— Bien sûr que je vais cuisiner, répondis-je avec tout le dédain dont j'étais capable. Et ça va être le meilleur repas de réveillon que tu aies jamais mangé. Attends de voir. Ne t'inquiète pas, ajoutai-je devant sa bouche ouverte et prête à protester. Maman m'a déjà rappelé cinq cents fois qu'il faut faire cuire complètement la dinde. Personne ne va choper une intoxication alimentaire, d'accord ?

Je n'étais pas certaine de l'avoir convaincue avec mes grandes déclarations. On savait toutes les deux que j'étais à peine capable de faire griller une tartine sans déclencher un départ de feu. La résignation se peignit sur son visage, mais je choisis de l'ignorer et de demander plutôt aux enfants ce qu'ils espéraient recevoir pour Noël (un iPod, un vélo et la maison des Octonauts – aucune idée de ce que c'était), et il y eut un débat animé pour déterminer si oui ou non Thea avait le droit de regarder *Doctor Who* le jour de Noël. (« Voui », assura Thea. « Mais elle va rien comprendre », protesta Hugo à la manière de Ruth. « Elle est trop petite, elle va avoir peur », confirma Isabelle.)

Alors que le volume des voix augmentait, je vis les traits de Ruth se crisper progressivement.

— Allez, les enfants, coupai-je en frappant dans mes mains avec un grand sourire. Qui est d'attaque pour une partie de foot avant de manger ? On a toute la plage pour nous.

Le débat cessa immédiatement, comme si le mot « plage » était une formule magique pour faire taire tout le monde. Même Hugo semblait emballé par la proposition.

— Je suis très bon au foot, me confia-t-il.

— Super ! Et je parie que tu n'y as jamais joué avec des bottes en caoutchouc. Ça rend tout beaucoup plus drôle.

Vu sa tête, Ruth aurait préféré s'éborgner avec sa cuillère à café plutôt que de sortir jouer au foot.

— Tu peux rester ici au chaud, ajoutai-je précipitamment. Il y a le journal juste là. Tu peux prendre n'importe quel livre dans la bibliothèque à l'étage, et autant de gâteau que tu veux. Et il y a des litres de V-I-N à disposition si tu veux commencer Noël en avance.

— Maman aime beaucoup le vin, dit Isabelle en s'attirant le regard noir de sa mère.

— Comme tout le monde, assurai-je pour sauver Ruth.

Même après le super latte que je lui avais concocté, elle semblait épuisée.

— Allez venez, vous tous. Direction la plage. Le premier qui envoie le ballon dans la mer est une andouille et devra débarrasser la table ce soir, c'est compris ?

— Je veux pas être une nandouille, dit Thea en gloussant.

— Je suis sûre que tu n'en seras pas une, assurai-je. Je parie que c'est toi qui vas marquer le plus de buts. Allez, les manteaux. On laisse votre maman tranquille.

Était-ce mon imagination ou la lèvre de Ruth tremblait alors que nous passions devant elle pour sortir ? Je feignis de n'avoir rien remarqué et poussai les enfants dehors. Connaissant Ruth, elle préférait mourir plutôt que de trahir le moindre signe de faiblesse. Elle avait toujours été la plus forte – une femme déterminée, dure comme l'acier, qui réussissait tout ce qu'elle entreprenait. Et même si on ne s'était pas parfaitement entendues en grandissant, elle restait ma sœur, et je prendrais toujours son parti.

Enfin, tant qu'elle n'insultait pas trop ma cuisine, évidemment.

4

Evie

SUR LA PLAGE, le vent fouettait les vagues et les queues-de-cheval des filles, et emportait nos voix. Hugo shoota dans le ballon et nous courûmes après sur le sable, à grand renfort de cris.

— Y a trop de vent ! couina Thea dont le manteau était gonflé comme la voile d'un bateau.

— Je suis un oiseau ! chanta Isabelle en virevoltant les bras tendus.

Le ballon atterrit dans un grand POUF, et Hugo l'atteignit pour le relancer d'un nouveau coup de pied. Il vola dans notre direction, tourbillonnant sur le sable, soulevé par une bourrasque.

— Allez, les filles ! criai-je. Je parie que je peux l'avoir avant vous.

— Non, c'est moi ! hurla Isabelle en me dépassant.

Arrivant sur le ballon, elle balança sa jambe dans un geste ample, tira sur le ballon… et provoqua nos éclats de rire quand sa botte rouge s'envola dans les airs avec lui.

— Elle vooole ! s'écria Thea avec joie. Une botte qui vole !

Pendant une seconde, Isabelle eut l'air au bord des larmes, en équilibre sur une jambe, sa chaussette à l'air. Mais Thea, tentant d'imiter sa sœur, balança sa propre botte, ce qui suffit à faire éclater de rire Isabelle.

— Youpla ! gloussa Thea, toute fière de sa bêtise.

— Vous jouez ou quoi ? se plaignit Hugo en courant après le ballon qui approchait dangereusement des vagues.

Je me dépêchai de récupérer les bottes des filles et de les aider à les enfiler.

Le ballon sauvé, nous échangeâmes quelques passes, mais Thea était restée sur l'idée de lancer sa botte comme Isabelle et ne cessait de perdre les siennes « accidentellement ».

— J'ai les pieds tout mouillés ! dit-elle en riant et en se débarrassant aussi de ses chaussettes.

Une vision m'apparut : celle de Ruth m'engueulant dans l'ambulance qui emmènerait à l'hôpital Thea, en proie à une terrible pneumonie. Alors je fus forcée de hisser la fillette sur mes épaules et d'enfiler mes gants sur ses pieds.

— Et si ceux-là s'en vont aussi, tu vas devoir rentrer à la maison pendant qu'on continuera à s'amuser sans toi, précisai-je en guise d'avertissement.

Pendant un instant, je crus qu'elle allait protester, mais elle gigota avec enthousiasme et je vis son bras tendu au-dessus de ma tête.

— Regarde ! s'écria-t-elle. Le toutou veut jouer !

Tout le monde regarda le chien noir qui bondissait dans les dunes, le regard joyeux rivé sur le ballon. Même Hugo cessa de bouder et sourit.

— À toi ! cria Hugo en lançant le ballon vers le chien.

Les pieds de Thea s'agitaient sur ma poitrine.

— Il est content ! Il est content !

Le chien s'élança après le ballon avec des aboiements joyeux. Le ballon était trop gros pour qu'il puisse le porter dans sa gueule, mais il le poussa sur le sable du bout de la truffe, puis se tourna vers Hugo et aboya avec insistance.

— Je me demande à qui il appartient, commentai-je en scrutant les alentours. Je ne vois personne, et toi, Thea ?

Elle regardait Hugo tirer à nouveau dans le ballon, et le chien courir après.

— Je peux descendre ? Je peux lancer le ballon pour le chien ?

— Bon, OK. À condition de garder tes bottes, et mes gants sur tes pieds, sinon ta maman va m'étriper. C'est d'accord ?

La petite fille s'empressa d'accepter et crapahuta dans le sable dès que je la relâchai.

— Par ici, le toutou ! Toutou !

Seule Isabelle restait en marge. Elle vint se coller contre moi, regardant avec appréhension le chien qui gambadait vers nous.

— Je crois qu'il devrait retourner voir son maître maintenant, dit-elle quand il arriva particulièrement près, envoyant voler du sable dans un changement de direction soudain.

— Hmmm. Je ne sais pas à qui il appartient. Ce n'est pas un chien du village.

Je jetai un coup d'œil à ma montre. Il était quatre heures moins le quart et le ciel commençait à s'assombrir. À cet instant, quelques grosses gouttes s'écrasèrent sur nous.

— C'est l'heure de rentrer ! lançai-je en agitant les bras par-dessus la tête. Hugo ! Thea !

Ils flânèrent un peu pour nous rejoindre, les joues roses. Le chien trottait derrière eux, la queue frétillante. Il nous suivit jusqu'aux marches de la terrasse du café, et je regardai autour de moi sans savoir quoi faire de lui. Il n'y avait toujours personne en vue.

— On peut garder le chien ? demanda Thea avec espoir.

— Maman va péter un câble, dit Hugo en levant les yeux au ciel.

— Oui, elle va encore pleurer, je parie, ajouta Isabelle.

Nous regardâmes tous le chien noir. C'était un croisement border-collie et labrador, supposai-je, avec des oreilles poilues, une robe épaisse et ébouriffée, et une queue touffue.

— Qu'est-ce qu'on va bien pouvoir faire de toi, hein ? lui demandai-je.

Il poussa un aboiement vif et intelligent. On aurait dit qu'il souriait quand sa langue rose dépassait de sa gueule. Mon cœur fondit un peu alors que je caressais sa fourrure humide et pleine de sable.

— Regardons un peu ton collier, dis-je en me penchant. Il y a probablement un numéro de téléphone. Ah voilà ! *Bella.* Oh, c'est une fille ! Désolée, ma belle, on a tous cru que tu étais un garçon.

Bella me lécha le visage, et Thea poussa un petit cri de ravissement.

— Elle t'a léchée !

— Oui, mais essaie de ne pas crier trop fort, Thea, tu vas lui faire peur.

À l'arrière de la médaille en laiton figurait un numéro de téléphone. Par miracle, j'avais justement une feuille de brouillon et un tube de rouge à lèvres oublié dans la poche de mon manteau pour le recopier.

— Très bien, Bella, tu es autorisée à rester dans le café pendant exactement une minute le temps que je téléphone à ton maître, d'accord ? Une minute et c'est tout.

Le retour au café se fit dans le chahut et le bruit. J'avais beau retenir Bella par le collier, elle tirait fort pour flairer le moindre recoin avec grand intérêt. Ruth arriva et porta aussitôt une main à sa bouche.

— Ce n'est pas ce que tu crois, me défendis-je. Je vais juste appeler son maître. Tu pourrais tenir Bella pour moi, le temps que je retrouve mon téléphone ?

— Euh…

Ruth continuait de me dévisager sans bouger.

— Je m'en occupe, décida Hugo en saisissant le collier et s'accroupissant à côté de la chienne.

Il passa ses bras autour d'elle, posa sa petite tête brune sur son dos, et elle balaya le sol de sa queue en signe de contentement.

Thea s'était postée devant Bella, et chantonnait :

— Lèche-moi ! Lèche-moi !

Je pouvais presque entendre la voix de Ruth dans ma tête rugir : « Je laisse mes adorables enfants à ma sœur pendant moins d'une heure et voilà ce qu'elle nous ramène ? » Je me dépêchai de filer devant elle avant qu'elle ne m'anéantisse avec son regard ultra-mortel.

— Je reviens tout de suite ! lançai-je d'une voix que j'espérais rassurante.

Malheureusement, j'eus beau vérifier le numéro deux fois au cas où le rouge à lèvres aurait bavé sur la feuille, mon appel atterrissait directement sur boîte vocale. Je me rendis compte qu'il s'agissait d'un numéro de téléphone fixe, avec un indicatif que je ne connaissais pas, et que Bella et son maître devaient se trouver loin de chez eux, en visite à Carrawen pour les fêtes. Je pouvais attendre un long moment avant que quelqu'un n'écoute mon message.

À mon retour, Bella me regardait, les oreilles dressées.

— On peut la garder ? demanda Thea avec espoir en sautillant d'un pied sur l'autre.

— Bien sûr que non, répondit Ruth, l'air pincé.

Thea fit la moue.

— Papa nous laisserait la garder, marmonna-t-elle.

— Elle n'est pas à nous, ajoutai-je pour soutenir Ruth. Je ferais mieux de l'emmener au pub, pour voir si quelqu'un là-bas sait à qui elle appartient.

— On peut venir ? demanda aussitôt Hugo.

— Oui je veux venir, renchérit Thea. Z'adore le pub. On va au pub avec Papa des fois.

— Je me fiche de ce que fait Papa, rétorqua Ruth, intransigeante.

Les enfants baissèrent la tête, dépités.

— Je n'en aurai que pour une vingtaine de minutes, promis-je. Ensuite, je nous préparerai un délicieux dîner. Hugo, Isabelle, Thea, pourquoi vous ne monteriez pas à l'appartement pour voir s'il y a un DVD que vous aimeriez regarder ? J'ai *plein* de films de Noël.

Thea fit un câlin à Bella et plusieurs bisous, jusqu'à ce que Ruth s'en aperçoive et l'éloigne de force.

— Thea ! Arrête ! Tu vas attraper des puces à force de te frotter à cette sale bête ! Va vite te laver le visage !

Hugo ricana.

— T'as des puces, la taquina-t-il.

Thea plongea pour lui donner un coup qu'il esquiva. Elle trébucha et poussa un cri de frustration. À côté, Ruth semblait sur le point d'exploser.

— Allez, Bella, dis-je en éloignant le chien avant que la situation s'envenime. On te sort de là.

Il pleuvait dru sur le chemin vers la rue principale. Je regrettais de ne pas avoir pensé à fabriquer une sorte de laisse avec une corde ou du fil à étendre le linge, mais Bella s'avéra sage comme une image, trottant fidèlement à mon côté.

— Tu es un bon chien, toi, la félicitai-je en lui donnant une caresse alors que nous approchions du pub. Bon chien. Ce n'est pas de ta faute si tu t'es perdue, pas vrai ? N'écoute pas ma sœur, elle est un peu stressée. Elle a besoin d'une bonne dose de magie de Noël façon Cornouailles pour se requinquer.

Exceptionnellement, j'avais emporté mon portable au cas où Ruth souhaiterait me joindre ; j'atteignais à peine la grande rue quand il se mit à sonner et vibrer. Pendant l'espace d'un instant, j'imaginai Ruth, appelant pour me dire qu'elle en avait assez, qu'elle ne supportait plus ce cirque et qu'elle remballait ses valises pour rentrer à Oxford avant que ses enfants n'attrapent la gale. Puis je vis le nom d'Ed s'afficher à l'écran.

— Salut, répondis-je gaiement en m'abritant devant la porte d'une boutique. Ça va ? Comment s'est passé le voyage ?

— Salut, répondit-il d'une voix qui suffit à me réchauffer, comme du brandy dans mes veines. Pas trop mal. Deux Ginster. Ça aurait pu être pire.

Depuis qu'il vivait dans les Cornouailles, Ed avait décidé de noter les journées en fonction du nombre de fois où il s'arrêtait pour manger la spécialité locale, le *cornish pasty*. Étant donné qu'il était chef, on aurait pu s'attendre à des goûts plus snobs de sa part, mais pas du tout. Au contraire, ces chaussons à la viande étaient son péché mignon, surtout dans leur version industrielle de la marque Ginster vendue dans les stations-service, et il se vantait de son savoir encyclopédique sur les points de vente alimentaires de toutes les grandes routes reliant les Cornouailles à Londres.

— Super. Comment va ta mère ?

Il soupira.

— Honnêtement, pas très bien.

— Comment ça ? Elle est malade ?

— Non, c'est juste…

Je l'entendis soupirer à nouveau.

— … elle n'était même pas habillée quand je suis arrivé à midi. Les rideaux étaient tirés, la maison était en bazar…

— Oh non.

C'était une nouvelle inquiétante. Victoria avait toujours été si raffinée et élégante, et sa maison était impeccable chaque fois que nous lui avions rendu visite.

— Oui. Je fais de mon mieux pour lui remonter le moral, mais Noël promet d'être morose cette année.

Mon cœur se serra pour lui.

— Oh, Ed, soufflai-je tristement.

J'aurais tant voulu lui transmettre un câlin par téléphone.

— J'ai l'impression qu'il va falloir serrer les dents pour tenir jusqu'à la fin de l'année. Il faut vous dire que ça ira mieux l'an prochain. Je suis sûre que ta présence compte déjà beaucoup pour elle.

Bella, qui levait vers moi ses yeux adorables, aboya sèchement comme pour me pousser à conclure la conversation.

— Bella te dit bonjour. Un chien perdu. Je l'emmène au pub.

— Il ne t'aura pas fallu longtemps pour me remplacer.

— N'importe quoi ! On l'a trouvée sur la plage et... bref, Ruth n'est pas ravie par cette histoire, mais c'est pas grave.

Malgré sa tristesse, je pouvais entendre le sourire incrédule qu'Ed me réservait si souvent.

— C'est fou ce que tu me manques, dit-il. Je suis désolé qu'on ne passe pas Noël ensemble. Ça semblait être une bonne idée *a priori*, mais...

Je m'adossai contre l'encadrement de la porte. J'étais devant Waveseekers, la boutique de surf fermée pour l'hiver. À l'intérieur, les mannequins portaient des bonnets de Père Noël avec leurs sweat-shirts et shorts de bain.

— Toi aussi, tu me manques.

D'un coup, j'en ressentis de la douleur. Tout mon corps se languissait de lui.

— Mais je comprends. Je suis désolée que Victoria traverse une période si difficile. Tu as eu raison d'aller la voir. Et ce n'est que pour quelques jours, pas vrai ?

— Oui.

Sa voix était si douce que je dus plaquer le téléphone contre mon oreille.

— Dors bien. Ne te laisse pas atteindre par Ruth. Et profite bien de ta bière avec le chien.

— C'est elle qui paie sa tournée, dis-je avec un sourire. Pas vrai, Bella ? Oh, elle remue la queue – je prends ça pour un oui. Je ferais mieux d'y aller. Des bisous à ta maman. On se parle demain. Je t'aime.

En entrant dans le pub, un mélange doux-amer d'émotions se bousculait dans ma tête. Pauvre Ed, pauvre Victoria, qui enduraient la souffrance du premier Noël sans Michael. J'étais heureuse qu'Ed ait appelé, surtout car il semblait un tout petit peu plus enjoué à la fin de la discussion. J'étais contente aussi d'avoir pu renouer avec lui. Ed et moi passions tellement de temps ensemble – nous vivions et travaillions au même endroit tous les jours – que je me sentais étrangement désarmée loin de lui : moins compétente, moins pétillante, moins intéressante. Auprès de lui, j'étais pleine d'assurance, plus drôle, plus intelligente, la meilleure version de moi-même. Alors que, sans lui, je redevenais la petite sœur à la traîne, qui s'empêtrait dans une histoire de chien perdu, un boulet. « Ne te laisse pas atteindre par Ruth », avait dit Ed. Il me connaissait si bien.

Dans le pub noyé sous les guirlandes, Lindsay, la gérante, faisait tourner les tubes de Noël. J'attrapai le collier de Bella, consciente de la présence d'autres chiens, de beaucoup de bruits et d'odeurs intéressantes.

— Evie ! s'écria Lindsay en m'apercevant. Qu'est-ce que je te sers, ma grande ? Et où est ton beau mec ?

— Il n'est pas là en ce moment – et je ne vais pas rester longtemps non plus, désolée. J'ai trouvé une chienne perdue, un peu plus tôt sur la plage. Tu saurais si quelqu'un la cherche ?

— Une chienne ? Non, ma belle, pas à ma connaissance.

D'un mouvement du poignet, elle fit taire les vocalises de Mariah Carey et toutes les têtes se tournèrent vers nous. Lindsay adorait être au centre de l'attention.

— Est-ce que quelqu'un a perdu son chien ? demanda-t-elle en bombant le torse, devant des hommes que son décolleté généreux rendait bouche bée.

— Celui-ci, précisai-je. Un croisé noir appelé Bella. Personne ?

Bella lança un aboiement doux en entendant son nom, mais il ne fut accueilli que par des regards vides et des signes de tête négatifs. Oh. Et maintenant ? J'étais tellement persuadée que le maître de Bella serait là que je n'avais pas songé à l'étape suivante.

— On dirait que tu t'es dégoté une colocataire, commenta Lindsay avec un clin d'œil.

Elle approcha et ébouriffa le poil de Bella.

— D'où tu viens, ma beauté ? Tu t'es perdue, hein ?

Mince. Je ne savais vraiment pas quoi faire. Il faisait nuit, et j'étais censée préparer un délicieux dîner pour mes invités. Je n'avais absolument pas le temps de faire le tour du village pour frapper aux portes.

Bella regarda Lindsay, puis moi, et tapa sa queue contre le sol.

— J'imagine que tu repars avec moi, alors, conclus-je.

J'étais de nouveau fatiguée. Cette sieste de cinq heures n'avait pas suffi.

— Lindsay, si quelqu'un la cherche par ici, est-ce que tu pourras me l'envoyer ?

— Bien sûr, ma grande. Et joyeux Noël, si je ne te revois pas d'ici là.

— Toi aussi.

Après un bref passage par l'épicerie de Betty pour acheter de la pâtée, et lui demander à son tour de me signaler toute personne ayant perdu son chien, je retournai avec Bella au café où nous fûmes accueillies par l'euphorie des enfants, et un enthousiasme infiniment moindre venant de Ruth.

— Ce sera notre chien de Noël, dit Hugo en la caressant affectueusement. Pas vrai, Bella ?

— Et après elle rentre avec nous ! décida Thea.

Ruth laissa échapper un ricanement.

— Voyons déjà si elle survit à sa première nuit ici. Tata Evie n'a pas le meilleur des historiques en matière d'animaux de compagnie.

Les yeux des enfants se tournèrent vers moi avec grand intérêt. Malheureusement, je n'avais aucune idée de ce à quoi elle faisait allusion.

— Hein ?

— M. Woffles ? dit-elle en serrant les poings.

Je secouai la tête, sans comprendre.

— M. Woffles ? répétai-je.

Est-ce qu'elle perdait la boule ?

— Mon hamster. Celui que tu as laissé s'échapper et qu'on n'a jamais retrouvé. Tu te rappelles ?

Incroyable. Encore ce foutu hamster. J'étais incapable de me souvenir de l'incident en lui-même, mais Ruth avait remis mon crime sur le tapis si souvent au fil du temps que je n'avais jamais pu oublier ma culpabilité. Je pouvais parier que, même sur mon lit de mort, elle viendrait me souffler à l'oreille que je n'étais toujours pas pardonnée.

— Ah, dis-je en tâchant de masquer mon exaspération. Oui. Eh bien, c'était il y a un moment maintenant, pas vrai ? Je pense que je suis plus responsable ces derniers temps.

Passe à autre chose, Ruth, pensai-je avant de me tourner vers les enfants.

— Bon, le maître de Bella va venir, mais en attendant, on va s'occuper d'elle. Elle est un peu mouillée, alors je vais aller chercher une vieille serviette pour la sécher. Et ensuite on lui donnera à manger, d'accord ?

Bella me lécha la main comme si elle avait compris tout ce que je disais, et je sentis un pincement au cœur. *Ne t'attache pas trop,* pensai-je en suspendant mon manteau trempé. *Ce n'est pas ton chien, Evie.* Sans compter que les chiens et les cafés ne font pas exactement bon ménage. C'était un coup à me retrouver avec l'inspection sanitaire aux fesses.

En allant chercher une serviette, j'entendis Hugo essayer d'apprendre à Bella à lui donner la patte, et Thea glousser à côté. Même Isabelle semblait avoir dépassé son appréhension et commençait à s'extasier sur notre invitée surprise, en respectant une distance de sécurité.

Je souris en les écoutant. Bella ne pourrait pas rester indéfiniment, mais elle avait au moins réussi à leur apporter un peu de joie. Maintenant, il n'y avait plus qu'à trouver un moyen de faire sourire Ruth aussi, et Noël serait sauvé.

5

Ruth

QUAND RUTH CONSULTA SON TÉLÉPHONE ce soir-là, elle avait deux nouveaux messages. Elle ne prit pas la peine de lire le premier, qui contenait une citation inspirante d'un gourou bouddhiste envoyée par Louise. (Sa jumelle s'était mise en tête de lui transférer ces bêtises, pensant, à tort, qu'elles pourraient aider. Ce qui n'était pas le cas. Loin de là.) Le second venait de sa mère :

Tout va bien ? J'espère que vous avez fait bon voyage et que tout le monde a hâte d'être à Noël. Bisous, Maman et Papa.

Ruth ricana. Est-ce que tout allait bien ? *Certainement pas,* pensa-t-elle en éteignant son téléphone pour s'allonger sur l'étroit lit simple au son de la pluie battante sur la fenêtre. Tout n'allait absolument pas bien. Voilà ce qui se passait quand on acceptait de lâcher un peu de lest et de laisser quelqu'un d'autre organiser la semaine la plus importante de l'année : le chaos le plus total.

Elle repensa aux derniers Noëls, orchestrés avec une précision militaire. Dès octobre, la commande des courses était passée en ligne sur Ocado ; au 1er novembre, tous les cadeaux étaient achetés et emballés ; le deuxième samedi de décembre (et pas avant), elle installait le sapin et le décorait de guirlandes lumineuses et de boules argentées raffinées. Pendant tout ce temps, le garde-manger et le réfrigérateur se remplissaient de plats succulents et de pâtisseries maison. Au cœur de l'organisation, il y avait son ordinateur portable : un fichier tableur pour répertorier les cadeaux et les cartes de vœux, un autre pour le planning de pâtisserie et les ingrédients requis, encore un nommé « Tâches diverses » qui couvrait tout depuis (1) faire ramoner la cheminée à (17) passer commande chez la fleuriste et se terminant par (43) repasser la nappe de Noël.

Le clou du spectacle était rarement le réveillon en lui-même, ponctué de moments de pagaille, malgré tous ses efforts pour limiter la consommation de sucre des enfants, et d'alcool de sa belle-famille. Non, le pic des festivités était atteint lors de la soirée cocktails où Tim et elle recevaient leurs amis et voisins le 23 (soirée interdite aux enfants). Il y avait la lumière douce des bougies, une table garnie de délicieux amuse-bouche sur des plats en argent, des seaux à glace pour le champagne et du vin chaud. Tous les ans, elle contemplait ces visages souriants et recueillait avec grâce les nombreux compliments sur sa maison, sa robe, la nourriture, jusqu'à avoir l'impression, pendant un court instant, que son petit monde était parfait.

Pas cette année, à l'évidence. La tradition de la soirée cocktails était brutalement arrivée à son terme, ainsi que tous les autres rituels et routines de couple qui avaient formé la pierre angulaire de leur mariage. À présent, Tim arborait un sourire ridicule dans les bras d'Amanda, tandis que Ruth était perdue dans les Cornouailles, à des kilomètres de la civilisation et de son ancienne vie. Une image lui apparut. Elle, en robe de soirée, les perles autour de son cou qui reflétaient la lumière douce des bougies, demandant à ses amis : « Je vous ressers du champagne ? »

Les larmes coulèrent sur son oreiller. Pas de champagne ni de *crostini* ici, malheureusement. L'idée que se faisait Evie d'un repas pour cinq consistait en des saucisses, des chips et des haricots blancs à la sauce tomate. Oh, et une boîte de Pedigree pour le clébard perdu, qui n'avait plus qu'à mettre ses pattes pleines de sable sous la table. Franchement ! Pourquoi fallait-il que sa sœur attire toujours les paumés, qu'ils soient sous forme humaine ou canine ? Pourquoi fallait-il qu'elle se mêle des problèmes des autres ? Et maintenant, bien sûr, c'était Ruth que les enfants allaient enquiquiner pour adopter un cabot. Hugo se prenait déjà pour un maître dresseur. Oh non, elle n'avait pas fini d'entendre parler de cette histoire !

Pour enfoncer le clou, Evie avait levé les yeux au ciel quand elle avait mentionné M. Woffles. Ce culot ! C'était à se demander comment certaines personnes arrivaient à dormir la conscience tranquille, franchement.

Bon, d'accord, ça lui avait quand même fait du bien, cette heure trop courte où Evie avait emmené les enfants à la plage et où elle avait pu se détendre avec un magazine et une part d'un excellent gâteau de Noël – sans aucun doute préparé par Ed. Pendant ce bref interlude, elle s'était oubliée dans un heureux coma de pâte d'amandes, libre de tout souci – presque comme en vacances.

Un sourire en coin se dessina sur ses lèvres dans l'obscurité. Avec trois enfants, on n'était jamais vraiment en vacances, pas comme au bon vieux temps où elle pouvait s'échapper dans un cocon luxueux loin de la réalité. Désormais, la vraie vie partait avec elle, avec son tapage, son mal des transports et ses chamailleries.

Au moins, les enfants semblaient heureux, se rappela-t-elle. Après un trajet dans la mauvaise humeur et les jérémiades, Hugo riait de nouveau pour la première fois depuis des semaines. Isabelle, qui avait peur des chiens depuis qu'un labrador enthousiaste l'avait bousculée quand elle était petite, avait même eu le courage de tendre une main pour caresser Bella ce soir, et avait gloussé quand la chienne avait frotté affectueusement sa tête contre son legging. Quant à Thea… eh bien, Thea était incontrôlable, et elle allait certainement adorer son séjour ici. Mais Thea aurait réussi à s'amuser en passant Noël dans un carton – c'était simplement sa personnalité.

Ruth remonta la couette sur ses épaules, se remémorant les Noëls heureux passés ici, avec ses parents et ses sœurs. Sa tante Jo, qui avait géré le café jusqu'à sa mort tragique et brutale, avait toujours rendu magique cette époque de l'année. Ruth et ses sœurs dormaient dans cette même chambre, et pouffaient de rire tous les soirs jusqu'à ce que Jo ou leurs parents frappent fermement à la porte pour les faire taire. Exactement comme elle l'avait fait avec ses propres enfants, d'ailleurs, quand, à vingt et une heures trente, ils jouaient encore à imiter fantômes et chouettes, entre deux éclats de rire étouffés.

Elle ferma les yeux pour revivre le matin de Noël où elle avait découvert des « empreintes de rennes » sur la plage – grâce à Jo, évidemment. Evie avait probablement prévu de reproduire cette mascarade pour Hugo, Isabelle, et Thea – même si Hugo avait très clairement fait savoir qu'il était trop grand pour ces sornettes. D'ailleurs, en y repensant, Evie ressemblait beaucoup à Jo – drôle, un peu insolente, et complètement en décalage par rapport à leurs parents très traditionnels. Jo aussi aurait ramené un chien errant de la plage, ça ne faisait aucun doute.

Ruth tapota l'oreiller pour trouver une position plus confortable et tenta de détendre ses muscles sur le matelas mou. Tout allait bien se passer. Elle pouvait bien survivre à un régime à base de haricots blancs et de chips pendant une semaine, si ça signifiait que ses enfants étaient heureux pour Noël. Sur cette pensée, elle s'endormit enfin.

Ruth fut réveillée le lendemain matin par un grattement à la porte, suivi d'un gémissement pathétique. Il était six heures trente, il faisait encore nuit, et tout le monde dormait.

— Tu m'as choisie exprès, pas vrai ? demanda-t-elle à Bella après avoir enfilé sa robe de chambre et ouvert la porte. Tu as décidé que c'était moi, le pigeon qui allait te sortir pour faire pipi ? Il y a un problème avec ton instinct, cocotte, parce que je pense qu'il y a quatre autres personnes qui seraient bien plus ravies de te voir à cette heure-là que moi.

Bella agita sa queue et aboya joyeusement.

— Chuuuut, laisse-les dormir, souffla Ruth en caressant la chienne pour la conduire au rez-de-chaussée.

Les griffes de Bella cliquetaient sur les marches en bois. Ruth était convaincue qu'au moins un de ses enfants allait apparaître d'un instant à l'autre, dérangé par le bruit. Mais ils continuèrent à dormir.

En bas, Bella se dirigea droit vers la porte d'entrée et poussa un aboiement poli, la queue toujours agitée.

— Oui, j'ai compris. Laisse-moi juste enfiler un manteau et des bottes, d'accord ? Bon, allons-y.

Un vent glacial s'infiltra quand elle ouvrit la porte du café. Le ciel était encore d'un noir d'encre constellé d'étoiles argentées. Bella se faufila gaiement, et ses pattes cliquetèrent en bas des marches qui menaient à la plage. Ruth, se rendant compte qu'elle resterait enfermée dehors si elle ne trouvait pas un jeu de clés à emporter, hésita. Elle regarda autour d'elle avec espoir. Rien en vue. Qui eût cru Evie si raisonnable en matière de sécurité ?

Tant pis, elle allait devoir laisser la porte entrouverte alors – elle n'en aurait que pour quelques minutes. Elle souleva le lourd paillasson et le cala entre le battant et l'embrasure, pour que la porte ne puisse pas se refermer complètement. Hors de question de rester coincée dehors en pleine nuit en pyjama sous son manteau, merci bien. L'air hivernal la réveilla de plein fouet. Elle sentait l'astringence des embruns et entendait la mer emporter les galets en se retirant sur le rivage ; le bruit des vagues englobait la nuit.

— Bella ? appela-t-elle dans le noir.

Si seulement elle avait pensé à prendre une lampe torche avec elle. Il faisait tellement sombre qu'elle ne voyait pas ses pieds : la vraie obscurité de la campagne, loin de la brume orangée qui polluait le ciel d'Oxford. Un croissant de lune projetait son reflet argenté sur les vagues qui déferlaient sur la plage. Marée basse, estima-t-elle en visualisant dans sa tête les étendues d'algues échouées et les flaques pleines de bernard-l'ermite et d'anguilles. Ce qu'elle ne voyait pas du tout, en revanche, c'était Bella.

— Bella ? appela-t-elle de nouveau, plus fort cette fois pour couvrir le bruit des vagues.

Aucun aboiement ne lui parvint en retour. Combien de temps fallait-il à un chien pour faire ses besoins, bon sang ?

Soudain, Ruth se sentit fatiguée, agacée, et bien trop vieille pour ces bêtises. Elle visualisa un univers parallèle dans lequel elle aurait rabattu un oreiller sur sa tête et ignoré les grattements de Bella à la porte. Dans cet univers parallèle, elle serait maintenant bien au chaud sous la couette, les yeux fermés, avec seulement une culpabilité infime en entendant Evie se lever pour sortir la chienne à sa place.

Mais non. Elle se retrouvait plantée là, sur la plage, alors que le soleil n'était pas encore levé, à appeler une chienne dont elle ne voulait même pas s'occuper.

— BELLA ! cria-t-elle en descendant lentement les marches, les bras croisés pour se réchauffer.

Elle ne pouvait pas retourner au café sans ce satané clébard, impossible. Elle imaginait déjà la tête des enfants quand elle leur annoncerait qu'elle avait perdu leur nouvelle meilleure amie… Et si le chien se noyait ou se faisait renverser ? Tout serait sa faute.

Elle avança à grandes foulées sur le sable humide qui crissait doucement sous ses bottes.

— Bella ! cria-t-elle.

Puis elle coinça deux doigts entre ses lèvres et siffla.

— BELLA !

— Comment ça, tu l'as *perdue* ?

L'image même de l'indignation, Hugo semblait sincèrement la mépriser. Il était huit heures du matin et les autres bâillaient encore, les yeux à peine ouverts. Drapée dans un peignoir trop grand – celui d'Ed probablement –, Evie disposait le petit déjeuner sur la table de la cuisine où ils étaient tous rassemblés.

Ruth tressaillit.

— Je suis désolée, avoua-t-elle, impuissante. Elle s'est juste… enfuie.

— C'est passque tu lui as dit qu'elle avait des puces, dit Thea dont les yeux bleus et ronds se remplissaient de chaudes larmes. T'es méchante ! C'est pour ça qu'elle est partie. À cause de toi !

Ruth aussi commençait à avoir envie de pleurer. Elle avait arpenté la plage, s'égosillant et sifflant pendant des lustres, jusqu'à en avoir les doigts, le visage et les pieds engourdis par le froid. Démoralisée, elle était rentrée au café pour se préparer une tasse de café à emporter au lit, mais n'avait pas réussi à se détendre en lisant. Son esprit lui présentait sans cesse la queue touffue de Bella disparaissant derrière la porte, à jamais. Où était-elle partie ?

La petite fenêtre en saillie de sa chambre donnait sur la plage, et elle était restée assise sur son lit jusqu'à ce que le soleil se lève et que le ciel s'illumine de traînée or et rose. Elle était alors redescendue sur la terrasse, chaudement emmitouflée, pour siffler et appeler la chienne une dernière fois, mais la plage était désespérément vide. Cet empoté de cabot avait tout bonnement disparu.

— Je suis désolée, répéta-t-elle, blessée par le regard noir de ses enfants. Il faisait noir, je calais la porte et...

Tout le monde se fichait de la porte. Ils ne l'avaient pas dit à voix haute, mais elle savait qu'ils pensaient tous que *Papa* n'aurait pas laissé le chien s'échapper, lui. Dégoûtés, ils se détournèrent tous, comme si elle les avait profondément trahis.

Enfin, tous sauf Evie. Cette dernière posa une tasse fumante de café devant Ruth, lui pressa l'épaule, et retourna vers la cuisinière où elle venait de verser une louche de pâte à pancake dans une poêle.

— Vous savez ce que je crois ? lança Evie. Moi je parie que Bella est rentrée chez elle. Cette petite futée a flairé ses traces et s'est souvenue du chemin.

Hugo fit une moue indiquant clairement qu'il n'allait pas gober cette histoire pour enfants, mais les visages de Isabelle et Thea s'illuminèrent aussitôt.

— Tu crois ? demanda Isabelle.

— Elle a retrouvé sa maman ? ajouta Thea.

— Oui, affirma Evie. Je parie qu'elle est rentrée bien au chaud chez elle, et qu'elle est en train d'engloutir un énorme petit déjeuner et de raconter toute son aventure à sa famille.

— Mais les chiens savent pas parler ! bredouilla Thea.

— Ah bon ? répondit Evie avec une grimace. En tout cas, je suis sûre que Bella va très bien. Mais si vous voulez, on gardera un œil ouvert, juste au cas où.

Elle piqua le pancake pâle qui frémissait dans la poêle.

— Bien, maintenant, qui parmi vous sait faire sauter les pancakes ?

— Ils n'ont jamais..., commença Ruth.

Mais Hugo bondissait déjà.

— Moi, je peux ? Je peux essayer de faire sauter le pancake ?

— Allez, c'est parti !

Ruth surveillait, prête à intervenir, tandis qu'Evie laissait Hugo saisir le manche de la poêle et la soulever du brûleur. Elle ouvrit la bouche pour lui rappeler de faire attention, puis se mordit la lèvre afin de réprimer le commentaire et s'imposa le supplice du silence, essayant de se remémorer les premiers secours en cas de brûlure qu'elle avait appris quand elle était Éclaireuse.

Faire couler de l'eau froide sur la plaie pendant dix minutes. Une fois la peau refroidie, recouvrir de film plastique pour éviter l'infection. Ne pas enlever les bouts de tissu restés collés à la plaie. Carrawen se trouvait si loin des urgences, Ruth en eut la tête qui tournait. Pourvu qu'Evie garde une prise sur le manche de la poêle par sécurité.

Evie ne laissa même pas sa main sur la poêle. Au lieu de ça, elle recula et donna quelques instructions élémentaires à Hugo :

— Fais doucement glisser le pancake au bord de la poêle... voilà, parfait. Ensuite tu vas inspirer un grand coup, soulever la poêle très vite... et rattraper le pancake quand il va retomber. Tu penses être capable d'y arriver ?

Hugo hocha la tête, la mine exprimant un mélange de concentration et de détermination. Exactement comme Tim lorsqu'il tentait de résoudre les mots croisés de l'édition du dimanche du *Times* – s'il avait encore le temps pour ça, avec toutes les sauteries qui remplissaient ses journées.

— Tout le monde recule, ordonna Evie en faisant mine de parler dans un mégaphone.

Elle posa une passoire à l'envers sur sa tête en guise de casque.

— Vas-y Hugo !

Regardez-le..., songea Ruth avec un pincement au cœur. C'était dans ce genre de moment qu'elle aurait autrefois échangé un regard fier avec Tim et, pendant un quart de seconde, elle regretta qu'il ne puisse pas voir leur fils si résolu, comme un guerrier avant la bataille. Puis elle se souvint que non, elle ne le regrettait pas du tout. Au contraire, elle était *ravie* que Tim manque ce moment. C'était tout ce qu'il méritait !

Suivant la consigne, Hugo inspira un grand coup, puis souleva la poêle d'un mouvement sec et envoya le pancake dans les airs. Un calme excité se fit alors qu'ils surveillaient le vol du pancake. Puis... Plop ! Il retomba, plié de travers sur la poêle, mais en sécurité. L'air victorieux d'Hugo sous les acclamations coupa le souffle de Ruth.

— Génial ! s'exclama Evie en lui topant dans la main une fois que la poêle fut de retour sur le brûleur. Et tu veux me faire croire que tu n'as jamais fait sauter des pancakes de ta vie ? C'est fou. Tu as un don, c'est sûr !

Ruth baissa les yeux, en proie à des émotions contradictoires. Elle n'avait jamais laissé ses enfants faire sauter les pancakes pour Mardi gras – par peur d'une catastrophe aussi bien que des taches de graisse sur le sol ou le plafond. « Non, c'est moi qui m'en occupe », disait-elle avec impatience quand Hugo et Isabelle réclamaient une chance d'essayer. Elle préférait retourner les pancakes proprement, avec une spatule, plutôt que de les faire voler ; c'était plus ordonné ainsi – tout le monde le savait. Elle n'avait jamais porté une passoire en guise de chapeau, non plus. Il ne lui était jamais venu à l'esprit qu'on puisse s'en servir pour autre chose que de rincer les légumes dans l'évier. Enfin, voyons ! C'était une question d'hygiène élémentaire !

Les règles sanitaires mises de côté, elle devait admettre que la méthode d'Evie était bien plus ludique. Et aux yeux des enfants, Evie était tout simplement plus drôle qu'elle, pensa-t-elle en sirotant son café. Isabelle, qui attendait son tour, mimait une boxeuse préparant son entrée sur le ring. Le doute s'insinua dans le cœur de Ruth, comme une douleur perçante. Est-ce qu'elle décevait ses enfants ? Était-elle une mauvaise mère ? Le genre ennuyeux, rabat-joie, qui leur interdisait de faire sauter les pancakes et se débrouillait pour perdre les chiens ?

Un coup frappé à la porte l'arracha à ses pensées.

— Tu veux bien ouvrir ? demanda Evie, qui tenait la poêle avec Isabelle. Je crois qu'on va faire un travail d'équipe sur celui-ci, pas vrai, Iz ?

— Oui, répondit Isabelle qui rosissait d'anticipation.

Ruth sortit de la cuisine, consciente qu'ils étaient encore tous en pyjama, qu'elle n'était pas coiffée, et qu'elle n'avait même pas passé un coup d'eau sur son visage ce matin-là. Alors qu'à la maison, elle était toujours habillée et maquillée avant le petit déjeuner, aujourd'hui elle était à la traîne sur tous les plans. Il était presque huit heures trente, et elle ne ressemblait à rien. Elle espérait que le facteur n'ait pas des attentes trop élevées en matière d'apparence matinale, mais se rassura en se disant qu'il avait sûrement vu bien pire ici dans sa tournée.

La baie vitrée qui allait du sol au plafond sur toute la largeur du café montrait un ciel bleu pâle aux nuances roses. Ruth eut soudain envie d'une longue promenade revigorante avec les enfants et peut-être d'un pique-nique dans les dunes. Ils pourraient même descendre dans les grottes de la crique voisine, songea-t-elle, et ainsi elle leur prouverait qu'elle pouvait elle aussi être une maman drôle, avec ses histoires de contrebandiers et de trésors. Non pas qu'elle fasse l'éloge de la contrebande, bien sûr…

Elle ouvrit la porte, un tantinet plus optimiste. Mais ce n'était pas le facteur avec une pile de colis de Noël. C'était un homme avec des cheveux châtains ondulés, des lunettes rectangulaires, et un sourire charmeur.

— Bonjour, je m'appelle Robert Wickham. Je suis navré de vous déranger si tôt, mais on me dit que vous avez trouvé ma chienne ?

6

Evie

JE N'AVAIS JAMAIS VU RUTH SI DÉSEMPARÉE que face à cet imbécile de Robert qui avait débarqué au café pour l'engueuler. Isabelle venait de rattraper son premier pancake avec une habileté spectaculaire quand on avait entendu tonner des éclats de voix furieux. Aussitôt, j'avais coupé le gaz et reposé la poêle sur le brûleur du fond.

— Mhhh, dis-je, inquiète à l'idée que ce soit Tim, venu faire un scandale. Je vais juste voir qui est cette personne très bruyante. Vous m'attendez ici, d'accord ?

Dans le café, la première chose que je vis fut le visage choqué de Ruth. Un bras en travers de son ventre, comme pour se protéger, elle serrait de l'autre main les pans de son peignoir. Prude en toutes circonstances, même sous attaque.

— Comment ça, elle n'est pas là ? Vous l'avez *perdue* ?

Ruth pinça les lèvres et ses yeux lancèrent des éclairs de colère.

— Sauf erreur de ma part, il me semble que c'est vous qui l'avez perdue en premier lieu, rétorqua-t-elle.

Touché, pensai-je. *Bien joué, Ruth.* Peut-être qu'elle n'avait pas besoin de mon aide après tout.

— Qu'est-ce qui se passe ici ? demandai-je même si j'avais déjà compris ce qui se tramait.

Je me plantai à côté de ma sœur, essayant de prendre un air autoritaire (tout en sachant que je portais le peignoir d'Ed, un pyjama à rayures, et que mes mains étaient collantes de sucre et de jus de citron). Heureusement, j'avais eu la présence d'esprit de me débarrasser de ma passoire.

— Je suis Evie, la gérante du café. En quoi puis-je vous aider ?

— C'est ma chienne, Bella. L'épicière m'a dit que vous l'aviez trouvée.

— Tout à fait, dis-je de mon ton le plus ferme avant qu'il ne puisse continuer.

Ne commence pas à te la péter, mon coco, pensai-je. *Pas alors qu'on ne fait que te rendre service.*

— Comme vous pouvez vous en douter, repris-je, ce n'était pas exactement opportun pour moi d'accueillir un chien dans un établissement de restauration. Mais vu les circonstances, nous n'avions pas trente-six solutions.

Ma réponse dégonfla son melon… pour cinq secondes. Il hocha la tête sèchement. Entendu.

— Oui, et je vous remercie de votre aide, dit-il, mais maintenant j'apprends que vous l'avez laissée sortir ce matin *sans surveillance,* et…

— C'était moins de deux minutes, le coupa Ruth. Moins de deux minutes le temps de caler la porte pour ne pas me retrouver enfermée dehors dans la nuit glaciale. Comme c'est égoïste de ma part d'avoir pris cette précaution.

Sa voix dégoulinait de sarcasme.

— Alors oui, poursuivit-elle, je suis désolée qu'elle se soit enfuie, et si j'avais été mieux réveillée, j'aurais trouvé de quoi fabriquer une laisse ou que sais-je, mais il était six heures trente du matin et elle venait de me tirer du lit, alors…

Ruth était carrément impressionnante en mode combat, il n'y avait pas à dire. Je posai les mains sur les hanches en solidarité et fusillai son adversaire du regard – ce dernier ayant d'un coup beaucoup moins l'air sûr de lui.

— … mais ne venez pas ici pour m'engueuler, parce que j'ai passé une heure dehors à la chercher, dans la nuit, dans le froid, en pyjama. Ce n'est même pas ma chienne, bordel !

Dans la cuisine, j'entendis la petite voix de Thea rapporter aux autres :

— Maman a dit un gros mot.

Maintenant, c'était lui qui semblait désemparé.

— Désolé, dit-il en remontant ses lunettes sur son front pour se frotter les yeux. D'accord, je comprends. Je suis désolé. C'était déplacé de ma part. C'est juste que j'étais tellement soulagé quand on m'a dit hier soir que vous l'aviez trouvée et…

Ses épaules s'affaissèrent, et il laissa échapper un rire nerveux.

— … mes enfants vont être déçus.

D'un coup, je me sentis mal pour lui :

— Écoutez, ne vous en faites pas. Elle ne peut pas être allée bien loin. On va vous aider à la chercher, laissez-nous juste le temps de terminer le petit déjeuner. En attendant, est-ce que vous voulez des pancakes ?

Sans surprise, vu la manière dont on lui avait remonté les bretelles, Robert déclina ma proposition de pancakes. Il partit rapidement, nous laissant une carte de visite avec son numéro de téléphone portable, au cas où Bella reviendrait nous voir.

— Ça va ? demandai-je à Ruth en regagnant la cuisine.

— Oui, dit-elle. Dès que j'ai compris qu'il était divorcé lui aussi, je lui en ai moins voulu.

— Qu'est-ce qui te fait dire ça ?

— Pas d'alliance, pour commencer. Colérique, dépassé par les événements, parano à l'idée de contrarier les enfants…

J'étais sur le point de lui assurer loyalement qu'elle n'était absolument pas colérique et dépassée mais, au moment de franchir le seuil de la cuisine, apercevant de la farine partout, elle poussa un hurlement.

— Mais purée, c'est pas vrai !

— Pardon, Maman, dit Thea en petit fantôme tout blanc.

Puis elle gloussa, et son air penaud disparut aussitôt.

— C'est de la neige, expliqua-t-elle.

Ruth ouvrit puis ferma la bouche, sans qu'aucun son n'en sorte. La matinée promettait d'être longue.

— OK, mes fripouilles, dis-je en prenant les rênes. Tout le monde sous la douche illico. Hugo, tu es responsable de tes sœurs pendant que je passe un coup de balai ici. Quand vous serez propres et habillés, on terminera les pancakes. Et ensuite…

Je me tus un instant pour prolonger le suspense.

— … ensuite on part jouer à cache-cache avec un chien. Maintenant, décampez !

Ruth s'effondra sur une chaise et laissa échapper un petit rire tremblant alors que leurs pas tambourinaient dans l'escalier, laissant des nuages de farine derrière eux.

— Désolée, Evie.

Puis, sous mon regard horrifié, elle cacha son visage dans ses mains et se mit à pleurer. Les larmes se répandaient à travers ses doigts.

— Je ne peux plus continuer, sanglota-t-elle. Je n'en peux plus.

C'était horrible. Je ne me souvenais pas d'avoir déjà vu Ruth pleurer. Pendant l'été, elle s'était montrée solide comme un roc, même dans les affres les plus douloureuses de son mariage. Sa lèvre supérieure n'avait pas même frémi. Et pourtant… elle se retrouvait maintenant à pleurer dans ma cuisine, comme si quelque chose avait fini par se briser en elle.

— Oh, Ruth…

Je me précipitai pour la prendre dans mes bras, sans savoir quoi dire. Comment ça, elle ne pouvait plus continuer ? Continuer quoi ?

— Je ne suis pas à la hauteur pour mes enfants, gémit-elle. Je ne suis pas une bonne mère.

— Bien sûr que si ! répliquai-je automatiquement.

Intérieurement, pourtant, j'avais peur. Le manque de confiance en soi n'était pas un terme figurant au lexique de Ruth. Elle avait plutôt comme credo le fameux « quand on veut, on peut ! ».

— Ruth, regarde-moi. Tu es une bonne mère. Tu fais tout ce qu'il faut. C'est ton idiot de mari et ta soi-disant meilleure amie qui ne sont pas à la hauteur.

— Oui, mais…

Les mots suivants furent engloutis dans ses sanglots. Une histoire de pancakes.

— … si seulement j'étais plus comme toi !

J'allais éclater de rire, quand je compris qu'elle était sérieuse.

— Ne dis pas de bêtises. Bien sûr que non, tu ne veux pas être comme moi. Je te promets que tu changerais d'avis après cinq minutes dans ma tête. Tu serais horrifiée de voir quelle nouille je suis vraiment.

Je la serrai un peu plus fort.

— Tu sais, poursuivis-je, je donne l'impression d'être super douée et de réussir tout ce que j'entreprends, mais je vais te confier mon secret : en réalité, je fais semblant.

— Je crois que les enfants te préfèrent à moi, dit-elle avec un sourire plein de larmes, comme si elle plaisantait.

Mais sa voix aux notes désespérées contredisait son expression.

— N'importe quoi ! Attends, tu n'es pas sérieuse ?

— Non, non, dit-elle rapidement. Enfin… un peu.

Je pris ses mains dans les miennes.

— Oh, Ruth. Tu ne ressentais pas ça à l'égard de Jo quand on était petites ? Moi j'aurais voulu vivre ici avec elle parfois, surtout quand Maman et Papa nous assommaient avec les devoirs et nous forçaient à faire le lit, ou à faire attention à nos chaussures d'école. Mais c'est juste le privilège de la tata, tu ne crois pas ? Le fait de pouvoir être moins strict, de pouvoir t'amuser ? C'est une relation complètement différente.

— Mhhh. Oui, j'imagine.

— Alors que toi, tu es la femme incroyable qu'ils admirent, celle qui les réveille tous les matins, qui les voit grandir, et vers qui ils se tournent quand ils ont peur ou quand ils ont des ennuis. C'est toi qui as le plus beau rôle, Ruth.

Une note de jalousie perçait dans ma voix, et j'en fus la première surprise.

— Vous voulez des enfants, avec Ed ? demanda-t-elle, l'ayant également perçue.

Je me relevai et entrepris d'essuyer le plan de travail couvert de farine pour qu'elle ne puisse pas voir mon visage.

— Je ne sais pas trop. J'espère, mais... ça ne fait qu'un an et demi qu'on est ensemble, et on a le temps de faire évoluer les choses.

Ma nonchalance était complètement feinte. Pendant l'été, j'avais regardé les bébés passer avec un œil nouveau : leurs petits bras dodus et les mains en formes d'étoile de mer tendues pour réclamer un câlin. Les délicieux gargouillis de joie. Le calme magnifique d'un bébé endormi, les cils qui tremblaient pendant un rêve sur leurs joues rondes à la peau de pêche. Oh oui, je les avais remarqués, tous. Mon horloge biologique – que jusque-là je ne croyais n'être qu'un mythe paternaliste – s'était définitivement enclenchée, et elle trottait depuis.

— Bref, dis-je pour ramener la conversation à elle. Si un jour on a des enfants, j'espère qu'ils seront aussi mignons que les tiens. Je le pense sincèrement. Je les adore. Et tu es une mère formidable.

Elle se tamponna les yeux et se moucha.

— Eh bien…

— Ne discute pas, ajoutai-je en rinçant l'éponge dans l'évier. Ne sois pas si dure envers toi-même. Tu as traversé une année difficile, mais tu t'en es sortie jusque-là, non ? Tu as continué à avancer, à garder le cap. Tu as le droit de pleurer, tu sais. Personne ne t'en voudra.

— Merci. J'ai juste un peu de mal en ce moment. On n'est plus vraiment une famille ; on est devenu ce drôle de groupe éclaté qui ne correspond plus à rien, et je patauge au milieu de tout ça en essayant de maintenir un équilibre pour les enfants… mais ce n'est jamais suffisant.

Elle baissa la tête et je vis ses poings se serrer brièvement.

— Et j'en veux à Tim. Je suis tellement en colère, et fatiguée.

— Rien d'étonnant à ça. Moi aussi, je lui en garde rancune. Je pensais que c'était lui à la porte tout à l'heure, et j'étais prête à lui mettre une raclée avec la poêle.

Voyant Ruth se raidir, je craignis d'être allée un peu trop loin. C'était une adulte responsable, après tout, mère de trois enfants, qui désapprouvait probablement tout acte de violence. Mais elle eut un sourire en coin, et ses joues retrouvèrent un peu de couleur.

— Je m'en serais chargée en premier. Mais je veux bien te laisser le rouleau à pâtisserie.

— Ça marche.

Mon ventre se mit à gargouiller.

— Je ne sais pas toi, mais j'ai une faim de loup. Tu veux bien faire cuire les pancakes pendant que je balaie toute cette farine ? Avec un peu de chance, on arrivera à en préparer d'avance et même à en manger quelques-uns avant que les enfants ne reviennent.

Environ vingt-sept pancakes plus tard, quand tout le monde fut enfin lavé, habillé, et nourri, je rassemblai de quoi faire un pique-nique, et, emmitouflés dans des vêtements chauds, nous quittâmes le café. C'était comme relâcher dans la nature une meute d'animaux sauvages – les enfants oublièrent immédiatement qu'ils venaient de passer vingt minutes à se chamailler et se dispersèrent dans des directions différentes sur la plage.

— Le premier qui trouve Bella remporte cinquante pence ! criai-je en descendant lentement les marches avec Ruth.

— Bella ! hurlaient-ils déjà. BELLAAAAA !

— La pauvre bête, ils vont lui faire peur pour de bon avec ce raffut, commenta Ruth.

Les enfants passèrent les dunes au peigne fin, leurs manteaux colorés illuminant les longues herbes sèches dans leur course, leurs voix aiguës portées par le vent.

— Bella ! Bellaaaaaa !

Chou blanc. Rien sur le parking à l'extrémité de la place, où elle aurait pu être attirée par l'odeur des poubelles. Rien le long de Heron Bay, sur la crique plus à l'est, ni dans les minuscules grottes autour des granits. Pas la moindre empreinte en vue.

Il était presque midi à présent, l'heure d'étaler la couverture de pique-nique et d'attaquer les sandwichs à la terrine de crabe et les feuilletés à la saucisse d'Ed que j'avais découverts dans le congélateur, suivi de petits pains d'épices au glaçage au citron. Consciente du fait que j'étais censée être jurée du concours de pâtisserie du village moins de deux heures plus tard, j'essayais de ne pas trop manger, mais l'air frais m'avait creusé un appétit immense, et il fallut l'expression admirative d'Hugo alors que j'enfournais mon quatrième feuilleté à la saucisse – « tu manges comme un ogre, tata Evie » – pour me forcer enfin à refréner ma voracité.

C'était une belle journée d'hiver, l'air était frais, mais sec, et le ciel était bleu. Nous avions la baie pour nous, et seul le jacassement des mouettes venait perturber le calme. En plein pique-nique, un chien aboya et nos têtes se tournèrent vers le sentier des dunes, mais ce n'était qu'un grand caniche marron promené par un vieil homme qui nous adressa un signe de main. Nous le lui rendîmes, désemparés.

— Peut-être que quelqu'un a trouvé Bella et l'a emmenée dans un refuge ? suggérai-je en secouant la couverture du pique-nique pour la remballer.

À leurs mines déconfites, je compris que les enfants auraient voulu être ceux qui la retrouveraient.

— Ou peut-être qu'elle s'est souvenue du chemin pour retrouver sa famille toute seule.

Thea pinça les lèvres, comme si l'idée était ridicule.

— N'importe quoi, rétorqua-t-elle.

Je me tournai vers Ruth.

— Qu'est-ce que tu veux faire ? Je dois être à la salle des fêtes à quatorze heures, et il faudrait que je passe à la maison une minute pour me rendre un peu plus présentable.

Je baissai les yeux sur la vieille parka miteuse que je portais par-dessus un pull en grosse laine d'Ed. La grande classe.

— Tu veux rentrer avec moi ou… ?

Ruth fit non de la tête. On voyait bien de qui Thea tenait son caractère de tête de mule.

— On va poursuivre les recherches, décida-t-elle avec une voix qui sonnait davantage comme « je retrouverai ce chien coûte que coûte ».

Eh ben, ça alors, pensai-je. L'engueulade avec ce Robert avait vraiment touché une corde sensible.

Je me levai pour épousseter le sable de mon jean.

— On se voit plus tard, alors. Bonne chance. J'espère que vous la trouverez.

— Oh que oui, on va la trouver, assura Ruth.

— Oh que oui, répéta Thea avec le même aplomb du haut de ses quatre ans.

7

Evie

LE CONCOURS DU MEILLEUR PÂTISSIER était inédit à Carrawen Bay. Son inauguration avait lieu dans la salle des fêtes tout au bout du village. L'idée avait été suggérée par Sarah, une trentenaire qui, après une carrière impressionnante dans le centre des affaires de Londres, avait tout plaqué pour devenir consultante free-lance et emménager dans les Cornouailles avec son mari et ses deux enfants en bas âge, en quête d'une meilleure qualité de vie. Chapeauté par Sarah et organisé par une équipe de bénévoles, le concours comportait trois catégories : gâteau de Noël, *mince pies,* et autres.

Ed et moi avions tous les deux reçu une invitation à faire partie du jury, tout comme Graham, le cuisinier du pub, et Ella Shipley, la gérante de la boulangerie de Tregarrow. Je me traînai d'un pas lourd en haut de la colline vers la salle des fêtes, et passai devant les vitrines colorées des boutiques. Quand j'aperçus les sapins aux fenêtres des familles heureuses, Ed me manqua plus que jamais. Depuis l'arrivée de Ruth, avec le tourbillon de bruit et d'agitation qui venait avec les enfants, j'avais à peine eu une minute pour moi, mais maintenant que j'étais à nouveau seule, l'absence d'Ed me pesait. J'avais été dans le déni jusque-là, et je prenais conscience de la difficulté d'un Noël sans lui.

Tant pis, me dis-je. *On sera déjà au réveillon demain, et ce sera très mignon de voir les enfants suspendre leurs chaussettes et attendre fébrilement le matin.* Je regrettais juste qu'Ed ne soit pas là pour partager ce moment avec moi.

J'atteignis la salle des fêtes et poussai la porte. Une vague de chaleur et de bruit me frappa de plein fouet. Oh non. Combien de personnes y avait-il là-dedans ? Je m'attendais à une affaire tout à fait civilisée : quelques tables sur tréteaux recouvertes d'une nappe blanche, une demi-douzaine de concurrents, une atmosphère courtoise, et un silence expectatif. Au lieu de ça, j'avais l'impression de me retrouver dans une braderie : une foule de gens, le brouhaha, et une chaleur humide au parfum de cannelle qui me poussa à ouvrir la glissière de mon manteau sur-le-champ.

Légèrement dépassée, je regardai autour de moi pendant une minute avant de repérer mes camarades jurés, calepins en main, tout au bout de la salle derrière trois longues rangées de tables croulant sous les pâtisseries. La dégustation se faisait à l'aveugle, pour éviter de favoriser ses amis, mais je voyais bon nombre de visages familiers dans la foule – Annie,

Betty, Florence, Martha – et j'espérais que je n'allais pas vexer des amies chères.

Quand j'arrivai à la table, la sueur dégoulinait entre mes omoplates.

— Evie, bienvenue ! s'écria Sarah dans une robe en laine gris tourterelle impeccable et bottes marron vernies.

Je regrettai aussitôt de ne pas avoir trouvé plus élégant que ma chemise bleu barbeau et mon jean enfilé à la hâte ; je ne m'étais pas doutée qu'il s'agissait d'un si grand événement.

— Salut, dis-je faiblement en m'éventant avec le calepin qu'elle venait de me donner. C'est moi ou on étouffe ici ?

— Il fait un peu chaud, concéda-t-elle.

Graham et Ella, mes camarades jurés, ne semblaient pas perturbés par la chaleur. Mais évidemment, ils avaient l'habitude de travailler aux fourneaux et n'avaient probablement pas même remarqué la température ici.

Sarah fit les présentations et déclara que le concours allait bientôt débuter, ce qui déclencha une salve d'acclamations. Le bruit se répercutait sur les murs et les fenêtres, et je fermai les yeux un instant, sentant venir une migraine. Je tentai d'éventer le col de ma chemise. On étouffait vraiment ici ! Personne d'autre n'avait remarqué ?

— On va commencer par les gâteaux de Noël, poursuivit Sarah.

J'essayai alors de me concentrer sur l'incroyable étal devant nous. Certains gâteaux étaient relativement traditionnels, avec leurs bonshommes de neige en pâte à sucre, leurs pingouins dessinés à la glace royale, ou leurs minuscules sapins et Père Noël en plastique. D'autres pâtissiers s'étaient montrés plus audacieux. Je souris devant un gâteau orné d'un Père Noël en pâte d'amandes qui surfait sur une vague en glaçage bleu, et j'admirai le gâteau déguisé en paquet-cadeau. Le gâteau suivant était surplombé d'une reproduction de forêt et de la neige pailletée constellait le toit d'un chalet en bâtonnets de chocolat. Un autre présentait des rennes volants qui tiraient le traîneau du Père Noël. En me penchant pour observer la finesse des bois sculptés en sucre, je sentis ma tête tourner. Je me redressai aussitôt, et me balançai d'avant en arrière en espérant n'avoir pas l'air d'une folle.

J'essayai d'ignorer mon étourdissement et de me concentrer sur ce que disait Sarah. Quelque chose au sujet de sa tristesse de devoir couper ces si beaux décors, mais vous savez ce qu'ont dit, il faut bien casser des œufs, ah ah.

Les rires fusèrent dans la salle, et je repris mon mouvement de balancier, agrippée à la table. Je m'humidifiai les lèvres, et tout devint noir pendant une seconde.

— Sarah…, dis-je mais le mot ne sortit pas intelligiblement. Je ne me sens pas très…

Puis mes jambes se transformèrent en coton, mes doigts glissèrent de la table et, d'un coup, le sol se rapprocha brutalement.

— Evie ? Evie, est-ce que tu m'entends ?

— Reculez un peu, laissons-la respirer.

— Tu crois qu'on devrait appeler une ambulance ?

— Attendons une minute, pour voir si elle revient à elle. Evie ? Evie, ma grande, c'est Annie.

Mes paupières papillonnèrent, et le monde revint peu à peu. J'ouvris les yeux pour découvrir que j'étais allongée par terre, au centre d'une foule de visages inquiets. Pour ajouter à ma gêne, le premier mot qui s'échappa de ma bouche d'une voix rauque, fut « gâteau ».

Une femme s'accroupit à côté de moi, et son visage entra dans mon champ de vision. *Annie,* pensai-je, encore étourdie. *C'est Annie.* Puis le déroulé des événements me revint. Le concours du meilleur pâtissier de Noël. La salle des fêtes. Le Père Noël surfeur. Trop chaud.

— Evie, est-ce que ça va ? demanda Annie. Tu es dans la salle des fêtes. Tu t'es évanouie.

Elle jeta un coup d'œil par-dessus son épaule.

— Est-ce que quelqu'un pourrait lui apporter un verre d'eau ? Merci.

Sarah était agenouillée de l'autre côté, une main fraîche sur mon bras.

— Est-ce que tu as mal quelque part ? Tu as fait une petite chute.

Je luttai pour me relever, me sentant complètement idiote. Tout le monde me regardait. Je pouvais entendre les chuchotements se répandre dans la salle, ainsi qu'un gloussement étouffé. Ruth ne se serait jamais retrouvée dans une situation pareille. Encore une fois, je m'étais tournée en ridicule, et devant tout le village qui plus est. Ils devaient penser que j'avais forcé sur le sherry.

— Doucement, dit Annie en posant une main sur mon dos pour me soutenir.

Quelqu'un me tendit un verre d'eau, et j'en bus une gorgée.

— Je vais bien, assurai-je d'une voix tremblante.

Je suis tombée dans les pommes. Je n'en revenais pas. Ça ne m'était jamais arrivé. Je m'étais toujours demandé ce que ça faisait de défaillir comme une lady de l'époque victorienne. Eh bien, voilà, j'étais servie. C'était très gênant.

— Je pense qu'on ferait mieux de te raccompagner à la maison, proposa Sarah gentiment. Voyons voir, à qui peut-on demander de te ramener en voiture ?

— Honnêtement, ça va. J'ai juste besoin d'une minute.

Je tentai alors de me lever, et tout tangua à nouveau. J'avais les jambes en caoutchouc, comme si elles ne m'appartenaient pas.

— Pas si vite, la miss, intervint Annie. Je suis venue en voiture, je vais te déposer au café. Graham, tu peux me donner un coup de main ?

J'étais mortifiée. L'humiliation à son comble. J'étais maintenant encadrée d'Annie et Graham, chacun avec un bras passé autour de moi, sous les yeux de tout le village.

— Je me sens tellement ridicule, grognai-je en évitant de croiser les regards alors que nous nous dirigions vers la sortie.

— Ne dis pas de bêtises, répondit Annie en déverrouillant sa Mini.

À eux deux, ils parvinrent à me hisser sur le siège avant et à enclencher ma ceinture.

— Merci, dis-je faiblement.

— Pas de souci, répondit Graham en tapotant la carrosserie.

— Désolée, marmonnai-je à Annie quand la voiture s'éloigna.

— Mais tu n'as pas à l'être ! J'espère juste que tu ne couves pas quelque chose avant Noël.

Cette idée m'avait traversé l'esprit aussi, et je posai la tête contre la vitre avec un petit soupir. Si en plus je devais demander à Ruth de cuisiner son propre repas de Noël, elle ne me le pardonnerait jamais et tenterait probablement de m'assommer avec la dinde congelée, peu importe mon état. « Et ça, c'est pour M. Woffles ! » rugirait-elle en me bombardant de choux de Bruxelles.

Annie entra sur le parking derrière le café et je sursautai sur mon siège. Pas à cause de sa conduite, mais parce qu'une Volkswagen rouge y était déjà garée. La Volkswagen rouge d'Ed. Hein ? Est-ce que j'hallucinais en plus de tomber dans les pommes, maintenant ?

— C'est la voiture d'Ed, dis-je en me frottant les yeux.

Mais non. Qu'est-ce que… ? L'adrénaline déferla dans mes veines et j'oubliai tout de cette histoire d'évanouissement pour m'éjecter de la voiture dès qu'Annie tira sur le frein à main. Ignorant ses mises en garde, je montai à toute allure les marches en fer à l'arrière du café, étourdie et confuse. Ed avait pourtant dit qu'il rentrerait après Noël, j'en étais sûre et certaine ! Il l'avait répété hier. Alors que faisait-il ici aujourd'hui ?

J'entrai en trombe dans la cuisine par la porte arrière, et mon étourdissement me rattrapa deux secondes plus tard.

— Ed ! m'écriai-je en chancelant dans l'entrée.

Je m'agrippai à l'évier alors que la sensation de noir total revenait en force. Non, pas maintenant. Pas encore une fois !

— Surprise ! dit-il.

Je clignai des yeux, m'attendant à moitié à avoir halluciné toute cette scène, mais non, Ed était bien là, comme un mirage dans la cuisine, buvant un café avec sa mère.

— Victoria, balbutiai-je en les dévisageant l'un et l'autre comme une folle.

Bon sang, elle avait mauvaise mine : amaigrie, pâle, avec à peine une trace de maquillage.

— Qu'est-ce que… ? Je ne comprends pas.

Annie me rattrapa alors et plaça ses mains sur mes bras.

— Dis donc toi, on va s'asseoir et respirer tranquillement, ordonna-t-elle en me guidant vers une chaise. Elle vient de s'évanouir à la salle des fêtes. Elle est restée inconsciente par terre pendant quelques minutes.

— Oh merde, dit Ed en bondissant vers moi. Est-ce que ça va, Evie ? Qu'est-ce qui s'est passé ?

— Je vais bien, répondis-je, hébétée, en tendant les bras pour un câlin. Ça va déjà mieux en te voyant. Tellement mieux ! Mais qu'est-ce que tu fais là ? Non pas que je ne sois pas ravie. Je le suis ! Mais…

Je m'empressai de fermer la bouche, consciente de mon babillage. Je ne voulais pas que Victoria pense que j'avais perdu la boule.

— Désolée, ajoutai-je. Je suis un peu surexcitée. Je me suis cogné la tête.

Annie et Ed échangèrent un regard inquiet.

— Je crois que je vais te préparer une petite tasse de thé, indiqua Victoria en se levant.

D'habitude, elle avait toujours l'air si tranquille et élégante, avec son carré platine, ses sourcils parfaits, et le bon goût de sa garde-robe composée de matières fluides et nuances neutres. Mais à présent, elle semblait un peu négligée. Sa coupe n'était plus toute fraîche, ses yeux étaient fatigués, et même ses mains gracieuses étaient rugueuses et sèches, comme si elle avait cessé de s'embarrasser de frivolités telles que la crème hydratante. En l'espace de quelques mois, le deuil l'avait transformée en vieille dame triste, l'ombre d'elle-même. Je comprenais l'inquiétude d'Ed.

— Je vais retourner à la salle des fêtes, maintenant que je te sais entre de bonnes mains, annonça Annie. N'hésite pas à m'appeler si je peux faire quoi que ce soit, d'accord ? J'espère que tu vas vite te rétablir. Et joyeux Noël !

Je commençais à culpabiliser d'être le centre de l'attention. D'autant plus que, assise sur ma chaise, je me sentais parfaitement normale et stable.

— Merci, Annie. Bonne chance pour le concours. Je touche du bois ! ajoutai-je en toquant sur mon crâne.

Tout le monde ignora ma blague débile – probablement pour le mieux. Je m'étais cogné la tête trop fort.

— Au revoir, Annie, lança Ed en l'accompagnant à la porte.

— Et voilà, dit Victoria en posant une tasse de thé devant moi. Tu es toute pâle, ma chérie. Qu'est-ce qui s'est passé ?

— Merci.

Je me levai pour la prendre dans mes bras. Elle était si menue, c'était comme étreindre un petit oiseau. *Oh, Victoria,* pensai-je avec un pincement au cœur.

— Oui, qu'est-ce qui s'est passé ? relança Ed.

— Oh, j'ai juste eu un coup de chaud et un vertige, répondis-je en savourant une gorgée de thé. Ça m'est arrivé plusieurs fois ces derniers temps, mais c'est la première fois que je m'évanouis. Je suis un peu fatiguée, c'est tout. Peut-être que le stress du concours était trop pour moi. Bref, comment allez-vous, tous les deux ? C'est la meilleure surprise qu'on m'ait faite depuis des lustres, de vous trouver dans la cuisine comme ça. Rassurez-moi, vous restez bien pour Noël ?

Victoria lança un regard hésitant à Ed.

— Eh bien… oui, j'aimerais beaucoup. Si tu es certaine que ça ne te dérange pas ? Ed m'assure qu'il n'y a pas de problème, mais je ne voudrais pas imposer ma présence. Vous êtes sûrs d'avoir une chambre pour moi ?

— Absolument, répondis-je. Ce sera un plaisir de vous avoir avec nous.

Des larmes chaudes inondèrent mes yeux.

— Désolée, dis-je en les épongeant. C'est juste que tu m'as vraiment manqué, Ed. Je suis tellement contente de te voir.

Je leur adressai un petit sourire plein de larmes, regrettant pour la centième fois de ne pas être plus réservée et adulte, au lieu d'étaler mes émotions comme un livre ouvert. Puis j'hésitais. Je voulais leur demander ce qui les avait fait changer d'avis, par rapport au réveillon à Londres qu'ils avaient prévu à l'origine, mais je ne savais pas comment le formuler sans paraître insensible.

— Il y avait trop de souvenirs de Michael dans la maison, me dit Victoria, lisant dans mon esprit. Je n'arrêtais pas de me remémorer tous les Noëls ensemble, les cadeaux, les dîners, les rires…

Elle s'essuya les yeux avec un mouchoir en coton blanc.

— Et avec toutes les cartes de vœux qui arrivaient, adressées à « Victoria » plutôt qu'à « Victoria et Michael », je me sentais de plus en plus triste, malgré tous les efforts d'Ed pour me remonter le moral.

Son regard se perdit au loin un instant, puis elle reprit :

— Alors nous avons décidé qu'un peu d'animation vaudrait mieux que de se morfondre tout seuls. Sans compter que…

J'entendis la porte principale du café s'ouvrir à la volée, suivie d'une cavalcade de pas, et des cris qui auraient pu appartenir à une trentaine d'enfants m'appelant en même temps.

— Evie ! Evie !

— En parlant d'animation…, dis-je, peinée que Victoria se trouve interrompue en pleine confession. Désolée d'avance.

Elle afficha un petit sourire triste et las, loin de son ancien sourire pétillant. Mais c'était mieux que rien.

— Pas de problème, répondit-elle. C'est la meilleure des distractions.

Hugo entra en trombe dans la cuisine, talonné par Isabelle.

— On l'a trouvée ! cria Hugo, la mine radieuse. On a trouvé Bella !

— Oh, bravo ! m'écriai-je en bondissant.

Oups. Un vertige. Je me rassis aussitôt, et l'étourdissement perdura au niveau de mes tempes, comme une ivresse.

Ed croisa mon regard, et je lus l'inquiétude sur son visage.

— Toi, tu restes ici, ordonna-t-il.

— Elle s'est fait mal à la patte ! s'écria Isabelle avec l'envie manifeste de raconter l'histoire avant son frère.

— Elle était dans une grotte !

— Et la marée montait, et on a dû appeler le monsieur pour nous aider !

— Et le monsieur était tellement content qu'il a fait un câlin à Maman et c'était dégoûtant.

— Mais il est gentil et ses enfants aussi et il a dit qu'il nous inviterait tous au restaurant demain. Même toi !

Leurs voix se mélangeaient à un rythme de plus en plus effréné, et je levai une main pour ralentir le flux. Thea débarqua dans la cuisine.

— Evie ! Tu devineras jamais ! On a trouvé Bella !

Tout le monde éclata de rire, et l'enfant posa les mains sur ses hanches et demanda, contrariée :

— Quoi ? C'est pas drôle !

— Rien, dis-je en lui ébouriffant les cheveux. Regarde, Tonton Ed est là ! Et avec sa maman, Victoria. Et toi, elle est où ta maman ? Je veux entendre sa version, surtout cette histoire de câlin.

8

Ruth

En fin de compte, cette histoire se terminait comme dans un livre du Club des Cinq, songeait Ruth en racontant sa version des faits à Evie, Ed et Victoria. Pour une raison mystérieuse, quand Ruth avait ouvert la porte du café dans la nuit froide matinale, Bella avait trotté jusqu'à une crique à l'ouest, en longeant la côte. Elle avait dû prendre peur, s'enfuir et se perdre – comment savoir pourquoi ? Ce qui était certain, c'était qu'à un moment elle s'était égratigné la patte, car quand Ruth et les enfants l'avaient retrouvée, elle boitait un peu et n'arrêtait pas de se lécher les coussinets. Devant la marée qui montait et menaçait de recouvrir le sentier pour rentrer à Carrawen, Ruth avait immédiatement téléphoné à Robert, qui était arrivé quelques minutes plus tard avec ses deux enfants.

Robert et les enfants avaient été plus que ravis de revoir Bella. S'était ensuivie une salve d'aboiements enthousiastes et de cris de joie.

— On l'a trouvée, avait dit Thea d'un ton solennel. On l'a sauvée !

Soulagé, Robert avait serré Bella dans ses bras, puis, comme rapporté par Hugo avec tant de dédain, il avait pris Ruth dans ses bras aussi.

— Oh ! avait couiné Ruth, surprise.

Sans même réfléchir, elle lui avait rendu son étreinte. Ce n'était pas une expérience déplaisante. D'ailleurs, la sensation des bras forts d'un homme de nouveau enlacés autour de son corps était sacrément agréable. Même s'il s'agissait d'un parfait inconnu, et que ses enfants restaient bouche bée, visiblement horrifiés.

— Merci mille fois, avait dit Robert en se détachant d'elle. Vous n'imaginez pas combien je suis soulagé. Merci encore.

— Je vous en prie, avait répondu Ruth en se sentant rosir sous les remerciements.

Elle était si contente qu'elle n'avait même pas pensé à disputer Thea qui avait collé son visage face à la truffe de la chienne, et criait : « Lèche-moi ! Lèche-moi, Bella ! » *On a réussi,* songeait-elle. On a retrouvé Bella, et maintenant tout le monde était heureux et fier. Pour la première fois depuis l'effondrement de son mariage, elle avait l'impression de faire partie d'une équipe – réduite à quatre membres, certes, mais ça lui allait. C'était parfait.

— Merci, avait répété Robert. C'est le premier Noël des enfants sans leur mère. Je n'aurais pas pu le supporter si... si... enfin, vous comprenez.

Ruth avait opiné. Évidemment qu'elle comprenait.

— C'est mon premier Noël seule aussi, avait-elle confié, soulagée de trouver quelqu'un pour partager sa perte.

Malgré toute la compassion d'Evie et des autres, personne ne pouvait vraiment saisir la douleur d'un mariage détruit à moins d'avoir traversé cette épreuve soi-même.

— Mon ex et moi nous sommes séparés cet été...

— Je suis désolé de l'apprendre, avait dit Robert.

Il avait regardé la mer un moment, puis dit doucement :

— Ma femme est morte il y a dix mois. C'est difficile, pas vrai ?

Mon Dieu. Sa femme était morte ? Pauvre Robert. Et pauvres, pauvres enfants. Son cœur se serrait pour eux. Tim avait beau n'être qu'une ordure infidèle, il restait vivant. Au moins les enfants n'avaient pas à souffrir du deuil en plus de leur séparation.

— C'est terrible, avait-elle répondu avec une boule dans la gorge. Je suis désolée. Pour votre femme.

D'un coup, elle avait ressenti le besoin de rassembler ses enfants autour d'elle et de les serrer très fort contre son cœur. Elle aurait même pris Tim dans ses bras pour le remercier d'être encore en vie.

Bon, non, peut-être pas. Mais elle avait envie de lui raconter que les enfants – leurs enfants – étaient redevenus aussi pétulants et drôles qu'avant, qu'ils avaient fait sauter leurs premiers pancakes, et qu'ils avaient sauvé un chien errant. Elle se serait même aventurée à lui souhaiter un joyeux Noël – les mâchoires serrées.

— Maman ?

Isabelle s'était rapprochée pour lui prendre la main.

— On peut rentrer chez tata Evie, maintenant ? J'ai froid aux pieds.

Ruth avait sursauté, comme si le charme était rompu. Bien sûr qu'il fallait y aller. La marée allait remonter d'une minute à l'autre, et la température avait chuté d'un coup.

— Oui, allons-y, avait-elle décrété en reprenant ses esprits alors que Thea trébuchait au bord de l'eau, trempant ainsi son pantalon.

Elle avait serré doucement la main d'Isabelle dans la sienne avant de se précipiter vers sa fille la plus jeune et la plus mouillée.

— Vas-y, saute, Thea ! Voilà. Hugo ? On doit y aller, mon cœur.

— Écoutez, si vous n'avez rien prévu demain, avait dit Robert, soudain intimidé, peut-être pourrions-nous nous retrouver quelque part ? Je vous dois au moins un déjeuner, pour vous remercier d'avoir trouvé Bella.

— Oh, ce n'est pas la peine, avait répondu machinalement Ruth.

Puis elle avait saisi le sens de sa question. Après tout, avait-elle songé, il n'y avait pas de mal à le revoir, pas vrai ? En tant qu'amis, évidemment. Juste pour un déjeuner.

— C'est d'accord, avait-elle osé répondre. Enfin... oui. Faisons cela. Un déjeuner serait très sympathique.

En racontant tout cela aux autres, de retour au café, elle éluda toutes les implications – *simplement deux parents célibataires qui se retrouvent pour manger un bout, c'est tout. Plus pour des questions pratiques qu'autre chose* –, mais elle voyait les yeux d'Evie s'illuminer d'intérêt.

— Alors, il vient d'où ? Il est de la région ?

— Non, de Henley. Ils sont en vacances dans les Cornouailles jusqu'au Nouvel An.

Tout le monde était rassemblé dans la cuisine, où les filles aidaient Ed à préparer une fournée de muffins à la clémentine au parfum divin. Hugo était plongé dans une partie très sérieuse d'échecs avec Victoria. À en juger par son sourire, il avait un plan machiavélique en tête.

— Coup du Berger, annonça-t-il en renversant le roi de Victoria avec un geste ample. C'est mon père qui me l'a appris.

Ruth eut un pincement au cœur en se souvenant combien Hugo et Tim aimaient jouer aux échecs pendant des heures. Elle revoyait leurs têtes brunes penchées sur le plateau alors qu'ils se disputaient la partie avec acharnement. Le regard de Ruth s'attarda sur le visage triomphant de son fils, qui serrait la main de Victoria, et elle comprit qu'elle en avait assez de garder rancune à son ex. La vie était trop courte. Trop précieuse.

— Peut-être qu'on pourrait organiser une partie sur Skype demain, comme ça tu pourrais jouer avec Papa, proposa-t-elle en posa une main sur le bras d'Hugo.

Il était déjà en train d'aligner les pions pour une seconde partie, et s'arrêta en plein mouvement, cavalier noir en main, pour se tourner vers elle.

— C'est vrai ? Trop bien ! Merci, Maman.

Il sourit en posant soigneusement le cavalier à sa place, et Ruth sentit un morceau de la glace qui s'était logée dans son cœur se détacher de l'iceberg et fondre. *Regarde*, se dit-elle, *tu as fait une bonne action pour ton fils adoré.* Pour couronner le tout, la proposition lui était relativement indolore.

Evie restait sur son idée de poursuivre leur conversation – ou plutôt de reproduire l'inquisition espagnole, avec ou sans évanouissement.

— Ohhh ! Henley. Tiens donc. Ce n'est pas trop loin de chez toi ça, si ? dit-elle avec insistance, comme si Ruth lui parlait d'une amourette d'adolescente, et pas de deux adultes ayant prévu de se retrouver dans des circonstances parfaitement ordinaires.

Ruth se sentir rougir et s'en agaça.

— En effet, ce n'est pas loin, répondit-elle avec une nonchalance feinte.

Oui, bon, d'accord, elle avait déjà calculé le temps de trajet en voiture, s'il fallait vraiment être honnête avec elle-même. Pas pour des raisons romantiques du tout. Sa femme était morte, enfin ! Robert n'envisageait certainement rien de ce genre. Et elle non plus, d'ailleurs.

— Bref, trancha-t-elle en voyant la bouche d'Evie s'ouvrir avec la promesse d'une nouvelle question indiscrète. Je suis très contente de te voir, Ed. Et ravie de vous rencontrer, Victoria. Ne le prends pas mal, Evie, mais vous n'imaginez pas à quel point je suis soulagée qu'elle ne soit pas la seule en charge du repas de Noël.

— Eh oh, évidemment que je le prends mal ! protesta Evie en lui jetant un bout d'épluchure de clémentine.

Puis Evie ajouta discrètement :

— Désolée, est-ce que j'ai mis les pieds dans le plat ?

Ruth lui adressa un regard entendu.

— Ne te fais pas de films, la prévint-elle. Sérieusement. Ce n'est pas ce que tu crois. C'est juste un restau. Sa femme est *morte.*

— Oui, oui, répondit Evie en faisant les gros yeux. Elle laissa une pause d'au moins deux secondes avant de se pencher vers elle pour lui demander avidement :

— Alors… comment tu vas t'habiller ?

Qu'allait-elle bien pouvoir mettre, en effet ? Excellente question. Ruth se retrouvait en panne d'inspiration le lendemain matin, et les mots d'Evie flottaient dans sa tête. Assise sur son lit, entortillée dans une serviette éponge, elle examinait le contenu de sa valise avec désarroi. Elle n'avait pas pensé à emporter autre chose que des tenues pratiques pour ces vacances : des gros pulls en mailles et son plus vieux jean, avec un joli chemisier et quelques petits trucs pour se maquiller le jour de Noël. Ceci dit, songea-t-elle, au matin de leur rencontre, Robert l'avait vue en pyjama et peignoir, la peau nue et rosie par l'indignation. Si cette vision ne l'avait pas empêché de l'inviter à déjeuner, peut-être qu'il ne trouverait rien à redire à son jean délavé avec une tache de peinture près de l'ourlet.

Non pas qu'elle s'habille pour lui plaire, d'ailleurs. Elle voulait juste quelque chose de joli pour sortir, voilà tout. Est-ce qu'Evie, ou quelqu'un d'autre, le remarquerait si elle portait son chemisier de Noël aujourd'hui *et* demain ? Oh, et puis tant pis s'ils s'en apercevaient. Peut-être qu'elle ne devrait pas autant se prendre la tête. Ce ne sont que des *vêtements*, imaginait-elle Evie lui dire. Exactement.

La sonnerie de son téléphone retentit, la faisant sursauter. *Tim – portable,* lut-elle à l'écran. Elle hésita. Étrangement, son séjour dans les Cornouailles avait adouci ses émotions à l'égard de son ex. La fureur était descendue d'un cran, juste assez pour qu'elle n'ait plus autant l'envie de le punir avec force silences et portes fermées. Elle n'arrêtait pas de penser à Robert qui ne recevrait plus d'appels de sa femme. Elle commençait aussi à reconnaître – à contrecœur – que ses enfants avaient encore besoin de Tim, même si elle non.

Elle décida de répondre.

— Allô ?

— Salut, c'est moi. Tim.

Ce tout dernier mot à la fin, celui qu'il n'avait jamais eu besoin d'annoncer pendant toutes leurs années de mariage, la transperça de tristesse. Il semblait nerveux, pensa-t-elle. Il appréhendait sans doute le nouveau savon qu'elle allait lui passer. Et il n'avait pas tort, avec son historique.

Elle inspira un bon coup.

— Salut, répondit-elle. Tout va bien ?

— Oui.

Il hésita.

— Je suis désolé de te déranger. Je sais que tu m'as dit de n'appeler que le 25 mais… bon. Comment ça se passe ? Comment vont les enfants ?

Sa voix trembla quand il continua :

— Ça me fait bizarre de ne pas les voir.

— Ils vont bien. Tout va bien.

Elle était sur le point de mentionner ses projets pour le déjeuner – « j'ai rendez-vous avec un autre homme, Tim, je suis passée à autre chose, tu sais ! » – mais elle se retint. *Ne t'engage pas sur cette pente, Ruth. Tu vaux mieux que ça.*

— J'allais t'appeler en fait, ajouta-t-elle. On se demandait s'il y avait moyen d'organiser un Skype, pour que tu puisses jouer aux échecs avec Hugo. Comme ça tu les verrais quand même à Noël.

Elle l'entendit déglutir, mais il ne répondit pas tout de suite

— Ça me ferait plaisir. Vraiment, ce serait génial. Merci.

Après un blanc, il ajouta :

— J'ai reçu quelques SMS d'Hugo. Il a l'air content. Il a mentionné un chien que vous avez trouvé.

— Oui. Oui, il a l'air d'être un peu sorti de sa coquille. Tous. Peut-être qu'ils avaient juste besoin de prendre l'air.

Et moi aussi.

— Tant mieux. Et toi ?

Elle serra son bras libre autour de son buste, frissonnant soudain en serviette, les cheveux encore mouillés qui gouttaient le long de sa nuque.

— Je vais bien. Écoute…

— J'ai réfléchi…, dit-il au même moment.

Ils se turent tous les deux.

— Toi d'abord.

— Eh bien… c'est juste que… écoute, je suis vraiment désolé, Ruth. Pour tout. Je vous ai tous laissés tomber, et maintenant je n'ai plus mon mot à dire. Mais si on pouvait trouver une solution, un moyen d'arranger les choses pour que tout le monde soit plus heureux… Les enfants me manquent. Ça me manque, de savoir ce qu'ils font. Je ne veux pas être un père absent, déconnecté de leur vie.

— Ce n'est pas non plus ce que je veux.

Et elle le pensait du fond du cœur. Tim avait beau l'avoir trahie, ce n'était pas le problème des enfants. Et bien sûr qu'elle avait eu envie de se venger – de l'étrangler à mains nues –, mais être à Carrawen, avec le luxe de la distance et du temps pour réfléchir, lui avait fait comprendre qu'elle voulait aussi qu'il garde une relation saine avec les enfants. C'était ce qu'il y avait de mieux pour tout le monde.

— Je...

Pour autant, les mots étaient difficiles à prononcer. *Paix et bienveillance sur Terre,* pensa-t-elle. Même envers les ex-maris infidèles qui ne les méritaient pas.

— ... Je suis désolée de t'avoir maintenu à l'écart ces derniers temps, finit-elle par reconnaître.

Elle l'entendit pousser un soupir de soulagement dans son oreille.

— Je l'ai mérité. Je sais que je t'ai fait du mal. Mais je ne veux pas que nous restions ennemis pour toujours.

— Moi non plus.

Elle aperçut son reflet dans le miroir et se redressa aussitôt. L'air frais avait fait du bien à son teint, et ses cernes étaient déjà moins marqués. Thea gloussait en bas, elle fut surprise de sentir un soupçon d'optimisme renaître en elle.

— Ne t'inquiète pas, Tim, dit-elle. On va trouver une solution.

Puis, consciente du pouvoir entre ses mains, elle y renonça en gage de réconciliation. Après tout, c'était bientôt Noël.

— Au fait, tu veux parler aux enfants ? Je sais qu'ils meurent d'envie de t'avoir au téléphone.

— Oui, ce serait super.

Alors elle appela Hugo et lui tendit son portable – « C'est Papa ! » – et elle entendit les trois cris de joie distincts et se sentit plus légère qu'elle ne l'avait été depuis bien longtemps. Le pardon avait du bon. La générosité aussi.

Elle se sécha les cheveux et esquissa un sourire timide devant le miroir. Oui, elle allait porter son joli chemisier aujourd'hui, et elle mettrait aussi une touche de mascara et de rouge à lèvres. Après tout, pourquoi pas ?

Plus tard, alors que les enfants et elle sortaient pour retrouver Robert et ses enfants, son téléphone vibra pour annoncer l'arrivée d'un nouveau message. C'était à nouveau sa mère :

Coucou, ma chérie, je ne sais pas si tu as reçu mon premier message ? Je voulais juste m'assurer que tout va bien.
Dis à Evie que je lui ai envoyé par mail les instructions pour préparer la dinde, au cas où elle serait coincée. J'espère que vous vous amusez bien. On pense bien fort à vous, bisous, M & P

Ruth sourit et rédigea une réponse rapide pendant que les enfants montaient en voiture :

Coucou, Maman, tout va très bien. Je pense qu'on est partis pour un merveilleux Noël. Embrasse Papa pour moi,
et on s'appelle demain. Bisous, R, H, I & T.

9

Evie

POUR MOI, C'ÉTAIT DÉJÀ NOËL. On était le 24, et Ed dormait à côté de moi. En me souvenant de sa présence au réveil, j'étais prête à chanter ma propre interprétation débordante de joie de l'Alléluia.

— Tu es toujours là ! Ce n'était pas un rêve, dis-je enfouie dans la chaleur de son cou, une jambe passée sur la sienne.

Ses bras somnolents m'enlacèrent.

— Ça fait du bien d'être à la maison, murmura-t-il alors que ses doigts soulevaient mon t-shirt.

Je venais de passer ledit t-shirt par-dessus ma tête et de l'envoyer valser dans la chambre quand un tonnerre de coups martela la porte.

— Tata Evie, tata Evie, on peut avoir des pancakes ? cria la voix de Thea. Tu avais dit qu'on aurait des pancakes !

J'échangeai un regard avec Ed.

— On dort encore ! cria-t-il.

Je pouffai avec lui comme deux gamins.

— Non c'est pas vrai, protesta Thea.

Impossible de la duper.

— Et tu avais promis, répéta-t-elle comme si j'avais signé un contrat de mon sang.

— C'est vrai…, concédai-je avec un soupir. Donne-moi une minute et j'arrive.

Puis je roulai sur Ed et l'embrassai langoureusement, lui faisant largement profiter de mon haleine du matin.

— C'est pour te faire patienter, expliquai-je en m'écartant à contrecœur.

Puis je me levai, et aussitôt la chambre flotta autour de moi.

— Ouh là.

— Ça va ? Merde, j'avais oublié cette histoire d'évanouissement. Tu vas bien ?

Il s'assit dans le lit et alluma sa lampe de chevet.

— Tu as l'air encore un peu pâle.

— Je vais bien, répondis-je même si je me sentais un peu faible.

— Retourne au lit, ordonna-t-il en se levant et en décrochant son peignoir du crochet de la porte. Je m'occupe du petit déjeuner.

Il y avait quelque chose de terriblement excitant dans sa manière virile de m'imposer de retourner me coucher, si bien que j'obéis immédiatement – même s'il s'en alla ensuite pour préparer de la pâte à pancakes au lieu de me rejoindre sous la couette.

Je commençais à m'assoupir à nouveau quand j'entendis Ruth lancer : « Les enfants ! Papa au téléphone ! » d'un ton étonnamment dénué de toute menace de meurtre. *Bien, bien, bien,* pensai-je, incrédule. Pouvait-ce être le signe d'une trêve de Noël ?

Je me retournai, le sourire aux lèvres, et m'endormis.

Quand je me réveillai à nouveau, il était dix heures, le soleil brillait, et Ruth était déjà sortie pour la journée avec sa tribu. J'avais l'impression d'être la pire des hôtesses en débarquant dans la cuisine avec pléthore d'excuses pour ma paresse.

— Ne dis pas de bêtises, tu ne te sens pas bien, dit Ed en me versant un café. Sans compter que personne ne s'attend à ce que tu passes tes journées à te plier en quatre pour assurer le service, surtout aujourd'hui. Comment tu te sens ?

Je me frottai les yeux et m'effondrai sur une chaise.

— Encore un peu patraque.

Je sentais l'odeur du beurre qui commençait à figer dans le fond de la poêle, et celle forte et amère du café. Le mélange des deux me donnait la nausée.

Victoria, qui s'occupait de la vaisselle, se tourna vers moi dans une attitude maternelle :

— Tu as une petite mine, ma chérie.

Puis elle fronça le nez et ajouta :

— Désolée, c'est malvenu.

— Ne vous en faites pas, j'ai entendu bien pire. Hier, Thea m'a dit que j'avais « des yeux à la noix ». Je crois qu'elle voulait dire « des yeux noisette », mais je n'en suis pas certaine.

Victoria pouffa.

— C'est un sacré numéro, celle-là. Ils sont tous si adorables.

Elle rinça une assiette et la rangea sur l'égouttoir.

— Merci de m'accueillir ici. Noël est plus magique avec des enfants, pas vrai ? En tout cas, ça vaut mieux que de me morfondre chez moi.

— Je suis contente de vous avoir avec nous. Même si pour l'instant je n'ai fait que dormir et m'évanouir.

Je tentai de me redresser et d'avoir l'air plus dynamique, comme une petite amie et hôtesse parfaite.

— Alors, qu'est-ce que vous avez envie de faire aujourd'hui, tous les deux ?

Ils échangèrent un regard.

— On en parlait justement, dit Ed. On a pris les cendres de Papa avec nous, et on pensait aller les disperser depuis les falaises. Il adorait nager dans la mer.

— Je ne vois pas un plus bel endroit pour lui, ajouta Victoria, les yeux soudain humides.

Elle s'essuya les mains sur un torchon, et tenta vaillamment de sourire.

— On peut lui dire au revoir, le laisser partir libre dans la nature, et partager un petit moment ensemble. Je pense que ça nous ferait du bien à tous les deux, Ed.

— Ça m'a l'air d'une très bonne idée, admis-je. Comme ça, il fera aussi partie de notre Noël.

Victoria se tamponna les yeux.

— Exactement.

Elle posa son regard sur moi, puis se leva avec une vivacité retrouvée.

— Mais d'abord, je vais faire un saut de dernière minute au village pour aller chercher quelques babioles. Je n'en ai pas pour longtemps.

Profitant de la maison vite, je retournai avec Ed au lit, avec l'attitude d'adolescents coquins – ce qui, à mon sens, était un très bon état d'esprit. Après m'être rhabillée, j'ouvris les rideaux juste à temps pour apercevoir Victoria sur le sentier de la plage. Nous étions innocemment en train de placer nos cadeaux respectifs sous le sapin quand elle rentra à l'appartement.

— C'était rapide, commenta Ed en posant une toute petite boîte sur un gros cadeau plus mou.

Je jetai un coup d'œil furtif à l'étiquette de la petite boîte – « Pour Evie, Joyeux Noël. Je t'aime, Ed » – et un frisson me parcourut. Ooooh. Je me demandais bien ce qu'elle pouvait renfermer…

— Oui, répondit-elle. Je n'avais pas besoin de grand-chose.

Son regard se posa sur moi avec une étrange expression, et elle se tourna vers son fils.

— Ed, veux-tu être un amour et me préparer un cappuccino ? Je le ferais bien moi-même, mais votre machine est bien trop compliquée et moderne pour moi.

— Bien sûr, répondit-il en ajoutant un dernier cadeau à la pile.

Ils étaient tous emballés dans un sublime papier bleu nuit constellé d'étoiles argentées, et mes doigts me démangeaient à l'idée de les ouvrir.

— Pas de triche quand je serai en bas, toi, prévint-il comme s'il lisait dans mon esprit. Ne t'avise pas de soupeser, de palper, de secouer quoi que ce soit. Si à mon retour un seul coin de scotch a été décollé, je le remarquerai, tu sais.

— Je ne vois pas du tout de quoi tu parles, rétorquai-je en feignant l'indignation.

Ed disparut dans la cuisine du café où vivait notre gigantesque machine qui préparait toutes sortes de boissons, et je me retrouvai seule avec Victoria. Elle vint se percher sur l'accoudoir du canapé auprès de moi.

— Evie…

Je fus surprise de constater sa nervosité soudaine.

— Tout va bien ? demandai-je.

Elle voulait probablement se confier entre femmes au sujet de Michael. Me préparant mentalement, j'essayais de repérer la boîte de mouchoirs la plus proche.

— Oui. Tout va bien. J'espère seulement que je ne m'apprête pas à franchir une limite.

Oh non. Je n'aimais pas du tout la tournure de cette conversation.

— Comment ça ?

Elle pinça les lèvres un instant, puis fouilla dans son sac à main.

— Je suis navrée si cela fait de moi une personne intrusive. Pardonne mes lubies de vieille dame…

Elle sortit quelque chose d'un sachet en papier kraft et me le présenta, à plat sur sa paume.

— … mais je me disais que tu aurais peut-être besoin de ceci. Je m'évanouissais beaucoup, vois-tu, quand j'étais enceinte.

D'un coup, ma bouche s'assécha alors que je regardais fixement le carton rectangulaire dans sa main. « Clearblue test de grossesse ».

— Oh, dis-je, faute de meilleure réponse.

— Je suis désolée si je me mêle de ce qui ne me regarde pas, ou si ma remarque est déplacée. Mais je me disais que peut-être… eh bien, appelons ça l'instinct maternel. Te voir si pâle et fatiguée m'a rappelé mon état, à l'époque.

Je pris le carton sans mot. « Gênant ! » entendis-je la voix de ma meilleure amie Amber chantonner dans ma tête.

— Hum. Merci.

Malgré mon instinct incompréhensible de couvaison et ma fatigue générale, je n'avais pas une seconde envisagé cette possibilité. Déjà, parce que nous nous étions toujours protégés.

— Pardon, répéta-t-elle dans le silence qui s'ensuivit. Ne te sens pas obligée de tenir compte de mes intuitions.

Je lui répondis avec un sourire évasif, car j'étais trop occupée à essayer de me souvenir de la date de mes dernières règles. Le vide total dans mon cerveau. Victoria me regardait toujours, la tête inclinée sur le côté, l'air inquiète. Je voyais bien qu'elle craignait d'avoir dépassé les bornes.

— C'est très prévenant de votre part. Ce n'est probablement qu'un virus, mais..., dis-je en tapotant la boîte, ça vaut le coup de vérifier.

Mon cœur tambourinait dans ma poitrine, et ma tête n'était plus qu'un tourbillon de pensées confuses et d'émotions. J'entendis les pas lourds d'Ed dans l'escalier, et je sus qu'il fallait que je cache le test avant qu'il ne tombe sur cette scène étrange.

— Merci, marmonnai-je avant de filer, la tête pleine de plans sur la comète.

Je ne rêvais pas ? Où Victoria avait-elle dégoté un test de grossesse ? Forcément à l'épicerie de Betty, et dans ce cas la rumeur ferait le tour du village en moins de deux. *Je ne sais pas trop qui c'était – une dame très élégante dans un beau manteau en laine... oh vraiment ? Ed, du café ? Alors le test doit être pour... mhhhh. Ça alors. Vous m'en direz tant.*

De retour dans la chambre, à l'abri des regards, je tournai le test entre mes mains en me demandant si Victoria pouvait avoir raison. J'avais toujours supposé que je le saurais, le jour où je tomberais enceinte. Que ce soit l'instinct maternel ou les vomissements incessants dont mes deux sœurs avaient souffert dès le départ… j'étais sûre qu'un changement si monumental dans mon corps ne pouvait pas rester inaperçu. Quel genre de nouille passait à côté de quelque chose de si énorme jusqu'à ce que la mère de son petit ami lui remette les yeux en face des trous ? Surtout quand il avait fallu à ladite belle-mère moins de quarante-huit heures pour en tirer cette conclusion. Je n'avais jamais été du genre observatrice, mais c'était franchement ridicule.

Je posai une main sur mon ventre. Il n'avait pas changé : un peu mou, mais surtout parce que j'étais casée avec un cuisinier. Je ne m'étais pas précipitée sur les toilettes, en proie à des nausées matinales comme dans les feuilletons télévisés. Je n'avais pas eu d'envies bizarres de manger du savon, du charbon ou de la craie. Non, décidai-je. C'était sans doute une lubie que Victoria devait à son âge. Un évanouissement et de la fatigue n'impliquaient pas automatiquement une grossesse.

Je ne savais pas si j'étais soulagée ou déçue.

À cet instant, Ed passa la tête par la porte. Je fourrai la boîte sous l'oreiller et me levai d'un bond, faisant mine de lisser la couette.

— Tout va bien ? demanda-t-il gaiement. Maman boit son café, et ensuite on ira sur le sentier pour répandre les cendres de Papa. Tu veux venir avec nous ou tu préfères rester là pour te reposer ?

Il me fallut mobiliser tout le self-control dont j'étais capable pour ne pas jeter un coup d'œil coupable à l'oreiller. J'avais l'habitude de partager avec lui toutes les pensées qui me traversaient l'esprit – enfin, à l'exception de ses cadeaux de Noël – et je me sentais bizarrement déloyale de ne pas lui confier le moment étrange que j'avais partagé avec sa mère.

— Je vais rester ici, répondis-je en me penchant pour arranger la pile de livres sur ma table de chevet afin de masquer mon expression.

Je ne savais pas mentir et mon visage me trahissait toujours.

— C'est un truc de famille, entre Victoria et toi.

Sans compter, songeai-je alors qu'il m'embrassait avant d'aller chercher ses chaussures de marche, que j'avais mon propre « truc de famille » à creuser. Ou plutôt, j'avais une vieille dame à contredire, me dis-je. J'étais certaine que Victoria avait tort… mais autant vérifier.

10

Evie

AU MATIN DE NOËL, au son de la pluie qui clapotait doucement sur la fenêtre, je remontai la couette sur mon menton. J'avais un million de choses en tête.

En premier lieu, le fait que Ruth était revenue la veille rayonnante de son déjeuner avec Robert. Malgré mes espoirs non dissimulés d'être témoin d'une romance naissante, elle avait bien insisté sur le fait qu'il n'y avait rien d'ambigu dans cette rencontre.

— Il n'est absolument pas question d'une amourette de vacances, de baisers sous le gui ou de je ne sais quel scénario élaboré par ton imagination, avait-elle affirmé avec l'autorité d'une mère de trois enfants et professeure au collège. Mais, avait-elle nuancé devant ma moue déçue, c'est vrai que j'ai passé un bon moment. Avec un homme. Juste après ma première conversation civilisée avec Tim depuis l'été. J'appelle ça un progrès, pas toi ?

— Si, c'est un vrai progrès, avais-je confirmé en la prenant dans mes bras.

La magie des Cornouailles avait opéré, songeai-je. Si on ne pouvait pas vraiment dire que Ruth sautait de joie dans la maison, la tension et la colère avaient disparu de ses traits, et la dureté avait fondu dans sa voix. Bon, à part pour sa réaction quand elle avait surpris Thea en train de plonger ses doigts dans la crème au beurre de la bûche au chocolat – mais, après tout, Rome ne s'est pas faite en un jour. J'étais quand même heureuse pour Ruth, qui venait de franchir une étape, et pour toute sa famille.

La deuxième chose qui occupait mon esprit était le fait que cette fameuse magie des Cornouailles semblait avoir enveloppé Ed et Victoria aussi, après leur petite excursion sur la falaise. En regardant pour la millième fois *Maman, j'ai raté l'avion*, ils paraissaient avoir retrouvé une forme de sérénité et riaient de bon cœur avec les enfants. Puis Ed avait recruté Hugo et Isabelle pour l'aider à fixer une rangée de crochets pour les chaussettes de Noël dans leur chambre, pendant que Thea s'était réfugiée sur les genoux de Victoria qui lui avait lu une histoire. Victoria avait serré contre elle les trois enfants en leur souhaitant bonne nuit, trouvant visiblement du réconfort dans leur présence – ce dont j'étais heureuse. Évidemment, j'avais conscience que ce Noël resterait difficile pour Ed et Victoria, et que la vague de tristesse d'avoir perdu Michael les frapperait à un moment. Mais j'avais l'impression que le fait de répandre ses cendres les avait aidés, et qu'ils avaient pu lui faire leurs adieux dans la sérénité, ensemble sur la falaise, avec une flasque d'irish coffee pour trinquer.

La troisième chose qui occupait mon esprit, et la plus importante était…

— Joyeux Noël, Evie.

Je sursautai en sentant Ed passer un bras autour de moi. J'étais tellement perdue dans mes pensées que je n'avais pas remarqué qu'il était réveillé.

— Salut, toi, soufflai-je alors que toutes mes pensées disparaissaient dans son étreinte. Joyeux Noël.

À cet instant, des cris à en percer les tympans retentirent dans la chambre voisine.

— IL EST PASSÉ ! LE PÈRE NOËL EST PASSÉ !

Je remuai les pieds et sentis le froissement du papier au bout du lit. Un grand sourire étira mes lèvres dans la douceur de l'aube.

— Tiens donc, on dirait qu'il a fini sa tournée. Ce bon vieux Père Noël.

Je me redressai, soudain trop excitée pour rester allongée, et j'attrapai l'énorme chaussette de foot qui était mystérieusement apparue. Qu'est-ce que j'aimais Noël ! C'était de loin le jour le plus beau, le plus joyeux, le plus magique de l'année. Comment avais-je pu craindre que celui-ci fasse exception ?

Le volume sonore de la chambre d'à côté augmentait avec constance.

— Capitaine Barnacle ! J'ai eu le Capitaine Barnacle !

— Oh, cool ! Un maillot de Manchester United !

— Regardez ! Des rollers ! Hugo, j'ai eu des rollers !

Puis vint le bourdonnement strident d'un harmonica soufflé à pleins poumons, suivi d'un étrange vrombissement qui, imaginai-je, ne pouvait être qu'Isabelle en train de patiner entre les lits d'appoint sur ses nouveaux rollers.

Ed éclata de rire.

— Maman avait raison. C'est super d'avoir des enfants ici, non ? Ça fait renaître toute la magie du matin de Noël.

Mon cœur fit un bond.

— Tu trouves ? demandai-je nonchalamment. Enfin, je veux dire… oui. Ils sont cool, pas vrai ?

Je plongeai la main dans ma chaussette et en tirai une bouteille miniature de Bombay Sapphire et un Toblerone gigantesque.

— Ahhh, Père Noël, tu me connais si bien.

— Le parfait petit déjeuner de Noël, commenta Ed.

Il se pencha pour m'embrasser tendrement, et sa barbe du matin me titilla les lèvres.

— En parlant de manger… j'imagine que tout le monde est réveillé à présent. Je vais descendre préparer le café.

L'atmosphère était joyeuse dans la cuisine. Pas de gin ni de Toblerone au menu, finalement, mais du saumon fumé avec des œufs brouillés pour les adultes, et pour les enfants des céréales au chocolat habituellement interdites.

— C'est mauvais pour la santé et on n'a pas le droit d'en manger, déclara Isabelle en se servant allègrement un deuxième bol. Maman dit : « Pas de ça chez moi ! »

— Sauf à Noël, intervint Ruth en me regardant d'un air exaspéré. À Noël, on peut manger tout ce qu'on veut.

— Même une boîte de chocolats en entier ? demanda Hugo.

Je le soupçonnais d'avoir déjà vidé la boîte, ayant aperçu une traînée de papiers de barres en chocolat dans son sillage. J'avais ramassé deux emballages de Galaxy, et un de Milky Way par terre dans la chambre des enfants.

— Si tu veux être malade toute la soirée, je ne te retiens pas, répondit Ruth. Mais ce n'est probablement pas une idée de génie.

Elle croisa le regard de Victoria, qui déclara :

— Ça me rappelle quelque chose. Ed, est-ce toi ou Jake qui a fièrement mangé trois barres de Mars pour le petit déjeuner un Noël, puis n'a pas pu avaler une miette du repas ?

— Forcément Jake, répondit-il sans hésiter. Rien ne m'a jamais empêché d'engloutir un repas de Noël. D'ailleurs, qui a encore de la place pour un pain au chocolat ? En tout cas, moi j'en ai.

Tout le monde s'estima capable de caser dans son ventre un tout petit pain au chocolat, ce qui tombait à pic parce que j'en avais commandé des surgelés dans des quantités industrielles, et s'il en restait après le Nouvel An nous savions très bien quels grands gourmands engloutiraient le stock.

— Je m'en charge, dit Ed en se dirigeant vers le gros congélateur du rez-de-chaussée.

— Je vais lui donner un coup de main, expliquai-je aux autres en disparaissant à sa suite.

Bien sûr, nous n'avions pas besoin d'être deux pour porter un panier de viennoiseries, mais il fallait absolument que je fasse quelque chose avant que ma tête n'explose d'impatience. Je glissai ma main dans la poche de mon peignoir en descendant l'escalier pour vérifier que j'avais tout ce dont j'avais besoin – oui.

— Ed, lançai-je en le suivant dans la cuisine. Attends. J'ai quelque chose pour toi.

Il détacha son peignoir comme un vieil exhibitionniste ouvrirait son imper.

— Ça tombe bien, moi aussi j'ai quelque chose pour toi, répliqua-t-il en m'attirant contre lui.

Je m'esclaffai.

— Attends… c'est plutôt sérieux. Je ne suis pas sûre que ça va te plaire.

Il plissa les yeux.

— Ce ne serait pas un de ces abominables pulls avec des rennes qu'on a vus à Padstow, pas vrai ?

Je pouffai à nouveau, même si mon rire était un peu forcé, parce que je lui avais effectivement acheté un de ces pulls hideux que nous avions vus à Padstow. C'était censé être une blague, mais maintenant qu'il venait de dire ça, j'allais devoir l'enlever discrètement de la pile pour le transférer illico dans le bac des affaires à donner.

— Bien sûr que non, prétendis-je de manière peu convaincante. Non, c'est… c'est ça.

Je lui tendis le cadeau long et fin que j'avais emballé la veille en retenant mon souffle. J'osais à peine le regarder dans les yeux quand, l'air confus, il le déballa. Le bâtonnet en plastique blanc enturbanné de cellophane apparut, avec sa petite fenêtre qui indiquait clairement *Enceinte.*

— Joyeux Noël, dis-je avec appréhension. Hum… Papa.

Il ouvrit la bouche, mais aucun son n'en sortit pendant un moment. Oh merde. Il était horrifié.

Il était désespéré. J'avais gâché Noël et toute sa vie en une seule seconde. Ses yeux étaient écarquillés sous le choc. Un choc positif ou négatif ? Impossible à deviner.

— C'est pour de vrai ? demanda-t-il.

— Oui. Je le sais depuis hier. C'était sûrement la raison des malaises et de la fatigue.

Il n'avait toujours pas fait de commentaire, et ma bouche commençait à faire des bruits flippants de déglutition.

— Tu veux bien dire quelque chose ? demandai-je de but en blanc. Est-ce que tu es... content ?

— Tu plaisantes ? Evie, je... je suis fou de joie. Après mon père et tout ce qui s'est passé... Viens dans mes bras, mon cœur. C'est incroyable ! Est-ce qu'on va vraiment avoir un bébé ? Tu ne me fais pas marcher, pas vrai ?

Serrée entre ses magnifiques bras musclés, je laissai échapper un petit sanglot de soulagement.

— Non, je ne te fais pas marcher. On va vraiment avoir un bébé.

Un bébé au Café de la Plage ! Je n'arrivais toujours pas à y croire. Instinct maternel, mon œil ! Et toutes ces histoires de « juste savoir » quand je serais enceinte ! Sans l'œil de lynx de Victoria je n'en aurais toujours aucune idée. Quelle fabuleuse nouvelle ! J'avais à peine fermé l'œil de la nuit, savourant mon secret. Un bébé au Café de la Plage. N'était-ce pas merveilleux ? N'allions-nous pas former la plus heureuse des petites familles, tous les trois, dans ce lieu magique ? Nous allions être heureux, je le sentais. Infiniment, merveilleusement, indécemment heureux.

Même si nous n'étions que dans les premiers jours, bien sûr. Il ne fallait pas s'emballer. D'après mes vagues calculs, je n'étais enceinte que de huit semaines ; c'était beaucoup trop tôt pour laisser filtrer la nouvelle aux enfants de Ruth. Mais si tout se passait bien, il y aurait un bout de chou en août… pile en plein dans la saison touristique. Ce bébé tenait déjà de sa mère côté chamboulement et mauvais timing.

Après beaucoup de câlins et d'élans de joie, Ed finit par sortir le sac de pains au chocolat du congélateur pour le remonter à l'étage sur son épaule, façon hotte du Père Noël. Ruth avait déjà fait préchauffer le four, et il arrangea deux plaques pleines à cuire. Bientôt, la cuisine fut remplie du parfum délicieusement chaud des viennoiseries au beurre. Pendant ce temps, Ed et moi échangions des sourires complices comme des enfants surexcités. J'étais tellement soulagée qu'il ait réagi ainsi ; j'avais craint de lire le doute dans ses yeux (ou pire, l'horreur totale), mais, à sa manière de rire et de plaisanter avec tout le monde, son bonheur était limpide à la découverte de ce cadeau surprise.

Quelques minutes plus tard, Ed quitta la cuisine et je supposai qu'il était parti ranger son « cadeau » discrètement dans notre chambre, mais à son retour il me lança un regard bizarre et tapa la louche sur la table pour obtenir l'attention de chacun.

— Je comptais faire ça plus tard, après le déjeuner, mais tant pis, déclara-t-il. Je suis de tellement bonne humeur que je me suis dit qu'il n'y avait pas de raison d'attendre.

Il se tourna vers moi, et je fus surprise de découvrir une expression vulnérable sur son visage. Presque anxieuse.

— En parlant de cadeaux…

Il me tendit quelque chose : le petit paquet carré au papier bleu nuit que j'avais repéré sous le sapin.

— Evie…

Je sentis mon estomac faire un bond.

— … C'est pour toi.

Oh mon Dieu. Avec cette histoire de grossesse, j'avais complètement occulté le petit cadeau prometteur que j'avais aperçu la veille. Un chuchotement installa le calme dans la pièce, et les seuls bruits provenaient de mes doigts fébriles qui tentaient de déchirer le paquet – ainsi que du mâchonnement régulier d'Hugo qui engloutissait un nouveau bol de céréales. Était-ce vraiment ce que je croyais ? ce que j'espérais ?

Il me fallut une éternité pour ouvrir le paquet-cadeau. J'aurais juré qu'Ed avait utilisé un mètre de scotch rien que pour m'embêter. Mais, enfin, les derniers morceaux de papier tombèrent au sol, dévoilant un tout petit écrin noir.

J'entendis le souffle court de Ruth, le chuchotement d'Isabelle – « C'est quoiii ? » – et une boule se forma dans ma gorge quand j'ouvris la boîte pour découvrir une bague en or blanc sertie d'un solitaire.

— Oh, dis-je faiblement, le cœur battant la chamade.

Ne t'emballe pas trop vite, m'intimai-je sans oser lever les yeux vers lui. *Ce n'est peut-être qu'une jolie bague. Un anneau d'éternité. Un bijou de luxe.*

Puis Ed s'éclaircit la gorge, et prit la parole :

— Evie, veux-tu m'épouser ?

Le silence tomba sur la cuisine. Même Hugo avait cessé de mâcher, percevant le changement soudain d'ambiance. Je sentais les larmes déborder de mes yeux ; je ne savais pas si j'avais envie de rire ou de pleurer. Alors j'optai pour les deux.

— Oui.

Quelle matinée. Quel Noël !

— Oh oui, Ed. Bien sûr que je veux t'épouser. Oui !

Dans la pièce jaillit un boucan allègre de rires, de câlins et d'acclamations. Victoria était en larmes, moi aussi, et même Ruth reniflait discrètement. De sa voix la plus grandiloquente, Thea annonça :

— Et je serai ta MOISELLE D'HONNEUR !

Puis Ed et moi nous roulâmes une pelle monumentale devant tout le monde, jusqu'à ce que j'entende Ruth rabrouer Hugo qui faisait mine de vomir. Je fus alors prise d'une crise de fou rire interminable.

— Un mariage au Café de la Plage, dit Victoria en me prenant à nouveau dans ses bras. Comme c'est merveilleux.

Elle regarda Ed, les yeux humides, et je voyais qu'elle s'apprêtait à dire combien elle regrettait que Michael ne soit pas là, mais Ed la serra dans ses bras.

— Je l'ai annoncé à Papa hier, dit-il. Je l'ai chuchoté dans le vent, quand tu n'écoutais pas. Il m'a répondu que c'était une sacrément bonne idée, et qu'on devrait tous boire des litres de champagne…

Il coula un regard vers moi.

— … ou de jus d'orange, bien sûr.

Sa remarque était trop subtile pour les enfants – c'était son but – mais Victoria et Ruth se redressèrent immédiatement, radar maternel en alerte.

— Tu veux dire… ? dit Victoria.

— Est-ce que c'est bien ce que je crois ? s'écria Ruth.

— Ce qu'il veut dire, c'est que nous sommes tous les deux très heureux pour l'année à venir, répondis-je, et que le jus d'orange va remplacer le champagne pour moi.

— Oh, ma chérie, sanglota Victoria.

— Oh, Evie, s'exclama Ruth en me serrant contre elle à m'en couper le souffle.

— On peut avoir du champagne ? demanda Hugo.

— On peut avoir du chocolat ? tenta Thea.

— Je vais chercher les miens ! lança Isabelle.

Et les enfants se précipitèrent dans leur chambre avant qu'on ne le leur interdise.

Mon regard se posa sur la bague qui scintillait maintenant à ma main gauche, et je fus saisie par une bouffée de bonheur si intense qu'elle était presque insoutenable. Un bébé *et* un mariage au Café de la Plage… La vie ne pouvait pas être plus belle. Je voyais d'ici l'immense fête en bord de mer après la cérémonie, les feux d'artifice, le barbecue, et la soirée dansante sur le sable.

Soudain, Victoria se souvint des viennoiseries au four qui commençaient à roussir sur les bords, et sortit les plaques pendant qu'Ed préparait trois mimosas et un jus d'orange. Puis il leva sa flûte.

— À ce Noël inoubliable, et à ma magnifique future épouse.

— Au plus beau des Noëls, renchéris-je, et à mon extrêmement séduisant et talentueux futur mari.

— Je bois à votre santé, dit Ruth, et à l'avenir radieux.

Son menton tremblotant sous l'émotion.

— Vous allez faire de merveilleux parents, vous savez, ajouta-t-elle. Les meilleurs parents au monde.

— Je promets que je m'occuperai mieux de notre bébé que de M. Woffles, lui assurai-je.

Elle s'esclaffa, et répliqua :

— Qui ça ?

Alors je sus que les miracles de Noël existaient vraiment.

— Santé, dit Victoria avec des trémolos dans la voix. Je suis tellement heureuse pour vous. Et Ruth, vos enfants vous font honneur. Trinquons !

— Santé ! répétâmes-nous en chœur en faisant tinter nos flûtes.

Je ne plaisante pas en disant que mon jus d'orange avait la saveur du plus fin des champagnes.

L'émotion me submergea alors que je mesurais ma chance et ma joie. C'était officiel : j'étais décidément la femme la plus chanceuse au monde.

— Au risque de radoter, dis-je d'une voix tremblante, je jure que c'est le plus beau Noël de toute ma vie. Et il n'est même pas dix heures !

Avec de nouveaux éclats de joie, les enfants débarquèrent, la bouille couverte de chocolat, attirés par l'odeur des viennoiseries.

Ed se pencha vers moi pour un baiser langoureux, et me chuchota :

— Mon petit doigt me dit que Noël prochain sera plus merveilleux encore.

DE LA MÊME AUTRICE

Evie Flynn a toujours été le mouton noir de sa famille si parfaite : une rêveuse, vagabonde dans l'âme, contrairement à ses sœurs aînées. Elle s'est d'abord rêvée actrice, puis photographe et chanteuse, mais sans grand succès.

Lassée de ces échecs, elle s'est construit une vie raisonnable : entre un travail qu'elle déteste et un fiancé très terre à terre (pour ne pas dire ennuyeux), elle regarde sa vie défiler sous ses yeux jusqu'au décès de sa tante préférée dans un accident de voiture. Jo lègue à sa nièce le petit café qu'elle tient sur le port de Carrawen Bay.

Déterminée à prendre son destin en main, Evie n'hésite pas longtemps avant de tout plaquer pour partir découvrir les Cornouailles et l'héritage qui lui est offert, sans se douter des rencontres qui vont bouleverser son destin

528 pages
8,90 €

Tailleur strict, coiffure sophistiquée et talons vertigineux, Polly ne vit que pour son travail dans une grande compagnie financière de la City de Londres. Un poste pour lequel elle a tout sacrifié, sans s'octroyer une seule journée de congés, ni soirée de détente en quinze ans. Aussi, quand elle est brutalement licenciée, c'est son univers qui s'effondre. Pire, la voilà bientôt obligée de renoncer à son luxueux appartement avec vue sur la Tamise et de trouver refuge chez sa sœur à Elderchurch, ce petit village au fin fond du Hampshire où elles ont grandi.

Cela fait des années que Clare et elle ne se parlent plus : elles n'ont plus rien en commun depuis que Polly est devenue une « fille de la ville ». Entre incompréhensions et secrets enfouis, la cohabitation s'annonce mouvementée. Mais n'est-ce pas l'occasion rêvée de se libérer de vingt ans de non-dits pour prendre un nouveau départ ?

368 pages
22,50 €

Cet ouvrage est composé de matériaux issus de forêts gérées durablement certifiées PEFC™. Le Programme de reconnaissance des certifications forestières (PEFC™) est le plus grand organisme mondial indépendant de contrôle pour une gestion durable des forêts. Pour en savoir plus, consultez le site *www.pefc-france.org*

Certifié PEFC
Ce produit est issu de forêts gérées durablement et de sources contrôlées.
PEFC™
10-31-3068
pefc-france.org

Achevé d'imprimer en septembre 2021
par CPI Bussière
À Saint-Amand-Montrond (18)
Dépôt légal : octobre 2021
N° d'impression : 2059800
Imprimé en France